不白之冤

White Lies

文善——著

虛構與真實的模糊界線

陳浩基

華文推理作家、
第二屆「島田莊司推理小說獎」
首獎得主

如果您已購買本書，我強烈建議您跳過這篇序文，直接閱讀作品，讀畢後有空或有心情才回頭再看——好故事不用旁人敲邊鼓，我相信您會從內容獲得滿足。相反，假如您正站在書店，或是透過網上平台閱讀本文，想知道這是一部怎麼樣的作品、猶豫著該不該掏腰包，那容我為您介紹一下，文善這部《不白之冤》有何獨特之處，為甚麼值得強力推薦。

文善的作品一向多元化，《逆向誘拐》、《你想殺死老闆嗎？（我們做了！）》的主題是職場與金融，《店長，我有戀愛煩惱》談的是愛情與人生，《輝夜姬計畫》則以生育與家庭為題材。事實上，假如再看看她曾發表的短篇，會察覺素材變化更大，觸及宗教信仰、青春點滴、日常之謎等等，當中有一篇我認為足稱傑作，卻鮮少被談及——該短篇名為〈State Fair〉，以北美社會為背景，寫一樁發生在二、三線小鎮上的校園謀殺案。文善居於加拿大，故事中的氛圍情緒尤其實在，描寫信手拈來渾然天成，對當地文化和世態有透澈的體會，敘事角度和節奏宛如美劇般傳神。

而《不白之冤》可說是再次讓文善發揮所長的舞台。

本作以加拿大多倫多附近一個價值觀保守、以白人居民為多數的小鎮為背景，描寫一宗當地高中男生被殺的事件。警方因為環境證據逮捕了疑犯，法庭亦在陪審團一致同意後判下有罪的裁決，犯人入獄服刑——問題是，這個英語不靈光、年僅十六歲的華人少女真的是兇手嗎？在這個故事中，文善不單描寫北美社會的生態，更加進了華人移民與當地人的文化衝突，微觀至飲食語言、宏觀至意識形態與司法制度，在敘述推理謎案的同時，側寫兩套價值觀落差製造出來的悲劇。

光是上述內容，我認為已有足夠賣點，文善卻不囿於一貫的形式，大膽地採用了不尋常的創作手法：文字化的偽紀錄片（Pseudo-documentary）。

近年由於串流影視平台興起，不少真實犯罪紀錄片（True Crime Documentary）備受注目，像Netflix的《謀殺犯的形成》（*Making a Murderer*）、《愛潑斯坦：上流濁水》（*Jeffrey Epstein: Filthy Rich*）、Amazon的《泰德邦迪：愛上殺手》（*Ted Bundy: Falling for a Killer*）等等，也有好些作品以懸案或翻案為題材，像HBO的《塔瓦家命案之謎》（*The Talwars: Behind Closed Doors*）。另一方面，將虛構故事以「紀錄片或真實片段」形式來拍攝的電影也不少，著名的有《死亡習作》（*The Blair Witch Project*）、《末世凶煞》（*Cloverfield*）、《凶訪》（*The Visit*），這種後設手法令觀眾產生正在觀看事實的錯覺，為作品帶來新味道。將虛構的推理故事包裝成紀錄片，就有《美國高中破壞公物事件》（*American Vandal*）這例子，演員飾演事件的關係者，由同樣是演員裝扮的導演與攝影師，去調查報導不存在於現實的案件的真相。

《不白之冤》可說是以上概念的進化，文善在小說中虛構出另一作家身分代言，以文字將（虛假的）紀錄片與事件受害者家屬拍攝的 Youtube 影片進行二次記錄，拆解一個羅生門式謎團。讀者可以假想自己正在觀看加拿大某部嘗試平反冤獄的紀錄片，同時以另一角度的 Youtube 影片作佐證，尋找矛盾與真相。

無論在故事演繹手法上、社會文化描寫上，以及主題探討深度上，本作都顯出文善這位得獎作家的功力，據說有作家朋友受邀讀完初稿，問她寫的是否取材自真案件，可見本作處於虛構與真實的模糊界線上，呈現獨特的後設色彩。這作品除了推理謎團外，更帶出一個值得我們深思的問題：傳媒——不管是「傳統大台」還是網上新興的「自媒體」——到底可不可信？在訊息氾濫、事實難以釐清的今天，大眾如何找出真相？這個沒答案的問題，比故事中的謎題更難解答。

《不白之冤》的東西方文化傳承

莫理斯

華文推理作家、
大學講師、
影視編劇及監製

久居加拿大的香港作家文善，作品其中一大特色是中西合璧的風格，這次有幸獲邀為她的新作寫推薦文，便希望在這裡跟讀者分享一下這部《不白之冤》的東西方文化傳承。

眾所周知，美國作家愛倫坡（Edgar Allan Poe，1809-1849）是現代推理小說之父。雖然「推理」這個名詞是由日語引進到中文的，但其實整個概念卻是來自愛倫坡本人對他所發明的這種文學類型的稱呼："Tales of Ratiocination"，「理性思考的故事」。

他所寫的三篇以巴黎神探杜邦（Dupin）為主角的故事及另外的獨立短篇《金甲蟲》（*The Gold Bug*），每一篇都開創了不同的經典推理設定和橋段。最有名的《莫爾街謀殺案》（*The Murders In The Rue Morgue*）創立了「不可能罪案」及其次類型「密室殺人」；《竊信》（*The Purloined Letter*）首現「心理盲點」詭計；而《金甲蟲》則第一次示範了如何使用純邏輯推理來破解密碼。不過文善這部新作跟愛倫坡四篇「理性思考故事」之中最相像的，卻是最不為人所熟悉的《瑪麗・羅傑謀殺案》（*The Murder of Marie Roget*）。

在一八四一年，紐約發生了一宗轟動全美國的真實命案：一位名叫瑪麗・羅傑（Mary Roger）的年輕貌美女售貨員被發現浮屍河中，愛倫坡次年便虛構了這個短篇，把事件全盤搬到巴黎（連死者名字也只是更改為法式串法），假借筆下神探杜邦來分析各方提出的種種推斷，把案中疑點逐一揭開。這不僅是文學史上首篇根據真實案件改編及嘗試推理出真相的偵探故事，裡面更呈現了愛倫坡其他幾篇「理性思考故事」所看不見的寫實性及對社會的批判，反映了當時中下層單身女子的處境。是以，愛倫坡不但開闢了以解謎為主旨的「本格派」推理，這篇《瑪麗・羅傑謀殺案》更可說是預示了後來能與本格派分庭抗禮、以反映現實為主旨的「社會派」推理。

《不白之冤》正是文善至今「社會派」味道最強烈的小說。可能因為她二〇一三年的成名作《逆向透拐》贏取了以「新本格派開山祖師」島田莊司為名的推理小說比賽首獎，所以許多讀者都會把她標籤為「新本格推理作家」，卻因而忽略了她作品裡面的社會派元素。以金融圈為背景的《逆向透拐》本身便可以從側寫資本主義的角度來閱讀，而本作之前的《輝夜姬計畫》用女性主義立場來描繪一個由政府全面操縱生育及教養兒童的平行時空，更令人不禁想起 Margaret Atwood 近年搬上電視的科幻名著《侍女的故事》（*The Handmaid's Tale*）。

在《不白之冤》裡，加拿大一位華裔女高中生十多年前被判殺人入獄，如今卻有一個電視紀錄片節目來嘗試為她翻案。小說雖然以外地作為背景，但骨子裡卻其實是一個十分中國化的故事。「冤案」向來都是中國傳統文化裡一個常見的故事題材，明清公案小說自是不用說，情節大都離不開清官斷冤折獄，而戲曲更是往往把現實中的冤案搬上舞台：近代粵劇《梁天來告御狀》和越劇《楊乃武與小白菜》便是改編自分別發生在雍正和同治年間的真事，而最出名的例子，元代關漢卿的雜劇《竇娥冤》，原型也是來自早在《漢書》已有記載的「東海孝婦」。文善的故事裡被判殺人的少女英文名叫 Snow（阿雪），可謂名副其實以「雪冤」為主題。而小說以《不白之冤》作為書名，亦一語雙關，意味著阿雪正是因為並非白種人才會含冤入獄，直接指向了這部作品主要探討的社會問題——亞洲人在西方國家所經歷的文化差異及遭受的種族歧視。

除了題材之外，文善這部新作在寫法上亦很有歐亞合璧的特性。

中國自古便有「始、衷、終皆舉之，而後入焉」之說，而英語報導性寫作也有「5W1H」（Who、What、When、Where、Why 和 How）的指引，亦即是中文的「六何」：「何人、何事、何時、何地、何故及如何」。《不白之冤》以一共五集的紀錄片劇本作為小說的基本架構，每一集從上述 5W1H 之中抽選一項出來作為該集的焦點：WHY（犯罪動機）、WHEN（下手時間）、WHERE（犯罪現場）、WHAT凶器）、HOW（行凶手法）；獨缺的一項 WHO（誰是兇手），則更是反而强調了整宗案件最關鍵的疑點。

十八、九世紀西方文學曾盛極一時的「書信體小說」（epistolatory novel），透過信函、日記、新聞剪報等媒介來敘述故事，文善這部小說以現代紀錄片形式取代，其實便是這類體裁的二十一世紀「更新版」。這寫作技巧的一大特點，是容許作者利用多個「不可靠敘述者」對同一件事情提供不同的觀點：

書中紀錄片為了重組案情，除了訪問當年事件中的有關人等，亦嘗試發掘新證據，而每一集播出之後，小說裡還會出現被害人一位家屬在 YouTube 上作出的回應。眾多當事人如果因為主觀立場有異、或為了維護個人利益，而各自對相同的事實作出分歧或甚至互相矛盾的解釋，我們還有沒有可能找出真相呢？

這種放大了的不可靠敘述現象，因為出現於黑澤明的一九五〇年電影《羅生門》而被稱為「羅生門效應」，但其實這名稱本身亦不是最終的「真相」：因為這敘事手法的真正出處，並非是該片以之為名的芥川龍之介的同名短篇小說，而是劇本所取材於這位作家的另一篇故事《竹藪中》才對。即是說，「羅生門效應」本身便有點「羅生門」。

從推理小說的角度來說，很多人都把「羅生門效應」誤解為「無法確立真相」的代名詞，但其實故事裡就算出現多個不可靠敘述者，也並非一定表示沒可能得出一個肯定的最終答案：在電影《羅生門》或其短篇故事原型《竹藪中》裡，觀眾或讀者只要細心比較一下多位敘述者的供詞互相矛盾之處，真相便自然呈現眼前。

正當現實世界因為假新聞假資訊滿天飛而進入「後真相時代」之際，文善這部《不白之冤》便正好是一本能夠反映世態的推理版《羅生門》；相信讀者不用看到最後揭曉真相的一刻，也會同意。

來自北美的獨特聲音

譚劍

華文科幻及推理作家、
首屆「全球華語科幻星雲獎」
長篇小說獎金獎得主

文善是我持續觀察的作家，不限國籍，也不限類型。

她算是和我同一世代的人，不同的是，她經歷過香港最美好的年代後，就和家人移居加拿大，升讀大學、結婚，沒有回流，一直住在當地，工作多年後才開筆創作推理小說，因此，不像那些在香港活過大半生和成名後才移居加拿大的作家，作品並沒有隨作者移居而是繼續停留在香港，文善筆下的長篇小說都是在加拿大發生，主角和她一樣都有香港背景，除了追查真相，也面對文化衝擊（有時是主題，有時在字裡行間），而這點是在加拿大土生土長的第二代香港人不會思考的問題，他們未必會再用中文去讀寫小說，甚至乎，小說是一樣他們根本不會碰的東西。

文善是在夾縫中生存的一代，在她的作品總會找到很獨特的風景，雖然主角身上有香港人的思考方式和喜好，但身處加拿大，不只生活型態跟在香港大不相同，還要面對不同族裔的外國同事（《逆向誘拐》），和九一一恐襲的距離原來近在咫尺（《你想殺死老闆嗎？（我們做了！）》），面對女性職場的

glass ceiling（《輝夜姬計畫》，不得不說，以我的親身經驗，香港這點可能跑得比加拿大更前）。

由於她只是視寫作為兼差，正職是會計，因此寫起商業環境極具臨場感，彷彿取材自真人真事，我常常擔心她的小說被洋同事讀到後會在辦公室發動凶案。

她的風格在拿下「島田獎」首獎的《逆向誘拐》裡基本上已經表現得淋漓盡致，以加拿大的香港人為主角，故事圍繞商業社會的運作之餘，同時抓到非常前沿的科技發展（或科幻設定）。這個寫作策略在後續的作品不斷進行細部調整，如《你想殺死老闆嗎？（我們做了！）》，如結合科幻和女性議題的《輝夜姬計畫》，到了這本《不白之冤》的主角居然是大學生。

故事圍繞一宗十六年前的命案，一個在加拿大小鎮的華人女高中生被指控謀殺同校的體育健將（男），至今仍在服刑。幾幫人馬以紀錄片形式追查真相。核心謎團非常本格推理，加上被指是兇手的學生喜愛日本動畫文化和英語對話不靈光等引起文化衝突的議題，讓故事糅合本格派和社會派之餘，文善更大的野心是用不落俗套的紀錄片方式說故事，並成為透露兇手的關鍵。

我讀過多年前文善一篇訪問，她談到想寫華人移民故事，現在看來她就是用推理小說側寫移居加拿大（或北美）的華人眾生相，我相信這將會讓她在華文推理小說史裡站穩一個相當獨特的位置，也讓我對她的後續作品充滿期待。

追求真相，比真相本身更重要

Mr. Pizza
香港網絡作家、編劇

香港讀者少，讀推理小說的少，會讀本土推理小說的更是少之又少。有時候在公共交通上看到有陌生人在讀一本自己也曾經讀過、並覺得蠻不錯的推理小說，感覺就好比在驚濤駭浪之中看到另一艘朝著同方向前進的小船，讓你知道，自己並不孤單。

猶記得某次看到有人正在閱讀文善的《逆向誘拐》，那時應該就是由小說改編的同名電影上畫前後，突然有一種「終於被我碰上了」的喜悅。因為當你在故事裡看到某些熟悉的地名和詞彙，幻想在每天都會經過的街道上發生精妙的推理設計，你霎時間會明白到，原來日本人讀東野圭吾和宮部美幸時的感覺就是這樣：那麼熟悉、那麼的近在咫尺、那麼的投入。所謂本土化也許就是這個意思，作為香港人，在香港閱讀一本由香港的推理作者所寫、關於香港的推理故事——絕對是一件妙不可言、卻仍然被低估了的神秘體驗。（雖然嚴格來說《逆》的原著故事設定在加拿大。）

我和文善之間並不熟悉，印象中只在某次作者聚會上有過一面之緣。那天我的編輯（Alan To）毫無先兆地轉發來了她的新作《不白之冤》，並沒透露任何關於這個故事的半句內容，我在完全不知道該要期待甚麼的空白狀態下開始閱讀。大概讀了不到五頁，就開始懷疑，這真的是小說嘛？慢著，所以是真有其事？在二〇〇三年的時候，在加拿大真的曾經發生過這麼一件轟動的香港移民女高中生殺人事件？我怎麼不曾聽說過？於是我真的上網搜尋了有關資訊，更嘗試在串流平台上尋找那部影集，結果……我還是墮進了文善精心鋪排的知性遊戲裡，大叫過癮。

不知道從甚麼時候開始，香港人的生活就是一個推理故事。我們每天一睜眼，就會接收到排山倒海般的資訊、新聞、評論、記招、一張不知道從哪拍攝到的照片、或是三個小時一刀不剪的突發現場直播，來自各方各面無意或惡意的真假消息，無孔不入地朝著我們進擊。我們必須抽絲剝繭，憑著自己的智慧和對公義的追求來判斷甚麼才是真相。

不是每一本推理小說都會給出真兇的名字，作者許多時候都會留下懸念，只在字裡行間刻意放下麵包屑，引導讀者去自行判斷。現實世界亦然，真相也許無法在一時三刻間出現，操弄真相的兇手也不會講求推理小說中的「公平式」和「合理性」。然而尋找真相、重整思考秩序的這個行為，也許就比真相本身更加重要，因為這代表著社會並沒有忘記。

愛讀推理小說的人，必定是對真相有追求的人。我相信在香港，愛讀推理小說，以及是讀本土推理小說的人，將會愈來愈多。

目錄 — CONTENTS

不白之冤
White Lies
調查報導改編小說作品
M——著

〈不能說的真相〉

W文學編輯　K氏

二〇二〇年春

去年夏天，我到紐約出差，順道在多倫多停了幾天探親。晚上無意中在電視看到《不白之冤》（*White Lies*）這部紀錄影集。影集是關於二〇〇三年香港移民女高中生殺人事件，我對案件有點印象，十幾年前在香港好像有炒作過一陣子，不過事件發生在地球的另一端，而且當時大家還在從 SARS[01] 的恐慌恢復中，對離自己這麼遠的事也沒有很關心。

看完那一集後，我一夜難眠。腦中都被阿雪這個女孩佔據了。十六年來，她是怎麼過的？她是不是真的是無辜的？如果她是無辜的，那真兇是誰？我跟在多倫多居住的姪兒詢問有關《不白之冤》這套影集，他說在芸芸影集中，那並不算很有話題性，但身邊有些朋友是鐵粉，好像網路上有些奇案狂迷對此有很認真和詳細的討論。那是每周一集的播映，雖然我想追看，但是因為地域限制，我回香港後並不能看到那邊電視台的網上重溫，於是我叫姪兒把其他集數錄下來寄給我。

「你知道這個 YouTube 頻道嗎？好像在奇案宅中間流傳著。」姪兒同時傳了一條連結給我。那是案中死者弟弟格蘭製作的影片，每個星期《不白之冤》播映後，隔幾天他就會上傳自己錄製的影片。他的影片，補齊了一些《不白之冤》影集中沒有提到的細節。

而我沒有想到，看完了全部影集和弟弟格蘭的 YouTube 影片後，發現這個小子竟然為事件帶來一個震撼的結局，也驚訝原來在影集中早有線索！我便立刻想到要把這部影集引進來香港，並同時在港推播格蘭的 YouTube 影片，而且我有個更瘋狂的想法——不是單純的在香港播放影像視頻，而是將這個事件以文字來呈現。我找來旅居加拿大的推理作家M幫忙，經過一番討論，我們決定以最接近影集和影片的方式來寫，就是現在您手中的這本書。

事件中香港移民女孩阿雪，因為文化差異，被身邊的人誤解、甚至歧視，當甚麼事也沒發生時，這些誤解可能只是讓人有點不舒服，但在錯的時間，只要有一個引爆點，這些累積的誤解，可以成為恐怖的惡意。十六年前這令阿雪身陷囹圄。十六年後的今天，我們聽到，因為新型肺炎，各地又發生了不少針對亞裔的種族歧視事件。

十六年過去，也許世界上還有很多個福維爾鎮。

當推理作家M完稿後，他強烈要求在書中完整寫出事件的真相還有真兇的身分，但是因為事件的調查目前已經有新進展，我們不能透露格蘭推理的「真兇」是誰，不能寫「解謎篇」對推理作家來說，是多困擾的一件事啊！我也是費了好大的力氣才說服了他。不過我們相信，您可以從每一集的線索中抽絲剝繭，解開這個「不白之冤」！

001 WHY

1.1 《不白之冤》紀錄片 第一集

1.2 格蘭 YOUTUBE 頻道 回應《不白之冤》第一集

1.3 推論筆記 #1

死因是頸部大動脈被割破而大量失血致死。簡單來說，就是割喉而死……

★ 不白之冤 — 48分鐘 — 第❶集 — **類型：**紀錄片、凶案追查 — **節目性質：**懸疑、推理 — 立即播放

1.1 《不白之冤》紀錄片 — DOCUMENTARY WHITE LIES

第一集 — EPISODE #1

他，英俊年輕的美式足球員，鎮上高中的明星，接近完美的男生。

「謝利對所有人都很好。」

「我覺得，如果不是因為這件事，說不定他有天會當上總理。」

可是，這個可能會當上總理的年輕男生，在十六年前的夏天，去了咖啡店打工後，卻沒有再回家。

她，來自鎮上唯一的華人移民家庭，是學校裡的「阿宅」，在學校沒有朋友，功課一般，有時甚至因為英文不好，在班上被同學取笑。

「阿雪嘛……她好像沒有和人說過話。」

「才高中生，就開著那樣的車出入，真招搖。」

「那樣的車」是指當時最新款的 Mini Cooper。她的車子每天都停在學校的停車場，把所有人的車子都比下去。

就是她嗎？看來不屑融入加國生活的女孩，原來暗地裡也是愛慕著學校裡的明星運動員，在那個悶熱的夏日，因為求愛不遂，以「寧為玉碎、不為瓦全」的心態，用最殘酷的方式，割破了他的喉嚨……

這是從檢察官的口中說出，而陪審員一致相信的案情。

動機——

「死者在網上和被告有私下交往。」

人證——

「五點左右，我看到阿雪駕著她的 Mini Cooper 駛進後巷。」

物證——

「死者頸上的致命傷口，和這把刀的刀刃一致。」

看似滴水不漏的犯罪證明，但，這就是真相嗎？真相，其實正在我們眼前溜走！

我們會一連五集，披露這宗看似完美灌籃的案子當中，不為人知的種種疑點！

福維爾鎮，安大略（Holmesville, Ontario）。

從多倫多開車往東北方走，只需要兩個小時，便可到達這人口只有三千多的小鎮。這裡是到北部湖邊度假勝地的必經之路，也因此，鎮上居民多從事和旅遊業有關的產業，支援附近度假村的需求。

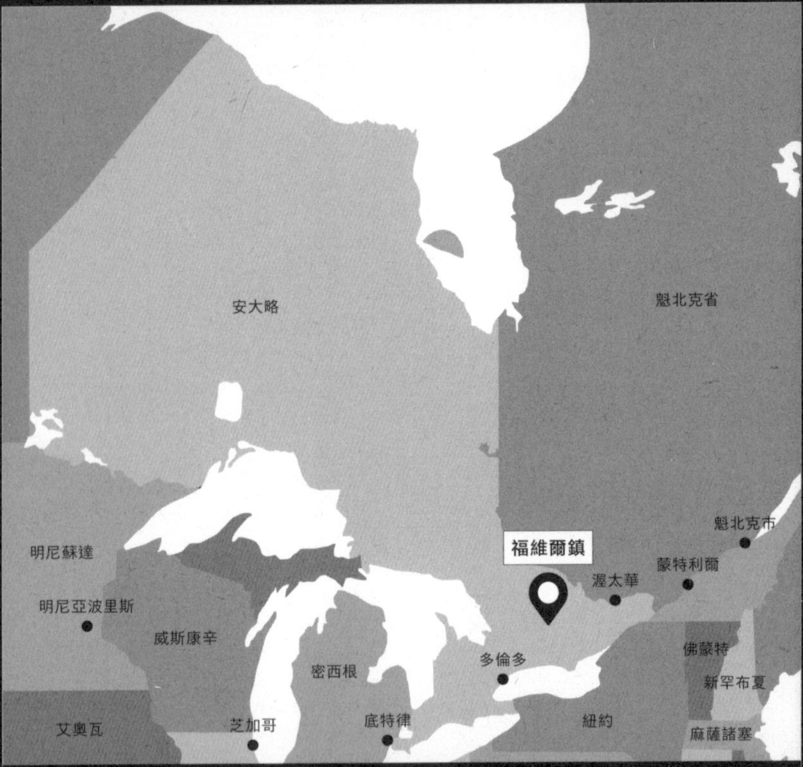

福維爾鎮位於多倫多東北面

「可是，正是這個看來很平靜的市鎮，在十六年前發生了一宗奇怪的殺人事件。」史岱絲將車子停好，從坐在副駕駛座的攝影師手中接過手提袋後，下車朝大約五十公尺遠的房屋經紀辦公室走去——他們故意將車停遠一點，為了不讓對方發現攝影師。

史岱絲．凱基（Stacy Hagey），這次製作團隊的負責記者，擁有超過二十年採訪經驗，現居多倫多的她主要從事調查性報導，特別是有關「少數族裔」的議題。大約半年前，史岱絲本來在寫一篇有關新移民帶著原居地的認知、但因為和加拿大法律有落差而引發問題的專題。她在一場法律講座中認識了華裔背景的林姓刑案律師，從他口中聽到這一宗一直讓林律師耿耿於懷的案件——

二〇〇三年八月十四日，下午四點三十分後，差不多整個北美東岸，都陷入多年來罕見的大停電，福維爾鎮也不例外。十七歲的謝拉爾德．雷拿（Gerald Renner）——大家都叫他謝利（Gerry）——打工的咖啡店，因為突如其來的停電，也因此提早關門。他在店內和美式足球隊的朋友消磨了一會，然後走到店後面的後巷抽煙。

從此就沒有人再見過活著的他。

謝利是福維爾高中的風雲人物。他是美式足球隊隊員，又是學生會副會長，二〇〇三年的秋天，即將升上高中最後一年，和他的同學一樣，他期待著快點高中畢業，那年暑假，他本來打算和女朋友一起造訪多倫多、滑鐵盧和京士頓的大學，小情人已經說好了要一起上大學，但想不到他們還沒有去過任何一所大學，兩人就陰陽永隔。

夏怡君，她給自己取了個英文名字Snow（阿雪）。父母是香港移民，阿雪在加拿大出生，是家中的獨生女，原本一家在多倫多生活，父母在她一歲時舉家回流香港，一直到她十五歲完成中三後，為了準備升學，她和母親搬回加拿大，可是這次他們沒有回到多倫多，而是在度假勝地附近的福維爾鎮買房。

「是啊，那房子是我替他們找的。原本的計劃是等女兒上多倫多的大學後，母親就會回香港，這房子便會用來作度假屋的投資。」

十七年前賣這房子給夏家的地產經紀說著，現在一邊替夏家管理這棟四千平方呎的大宅，一邊找願意買下這棟殺人犯住過的不祥府邸的人。

「女兒出事後，他們也試著賣掉房子，可是都找不到買家，反正他們不急著用錢，便先擱著，擱著擱著便到現在。不過你不用擔心，我們這些年來一直將這裡打理得很好。」

他不知道自己說的每一句話，都被假扮成買家的史岱絲，用隱藏的鏡頭拍下。

史岱絲有技巧地不讓鏡頭搖晃得太厲害，使觀眾能清楚看到阿雪的房間。

為了不讓買家想起阿雪這個殺人犯，房間已經被清理一空。

對比網上找到、從前阿雪放在部落格上的照片，可以看出是同一個房間。在照片裡，可以看到她雖然給自己取名叫阿雪，但是她的房間並沒有漆成白色，而是和現在一樣是典雅的淡綠色。當時房間裡充滿著東洋少女風的可愛擺設，牆上也貼著男團和動漫人物的海報，男團看來應該是亞洲流行的男子組合，每個男生都是五官纖細、白皙，頭髮都有點長、身材瘦削得像女人一樣。

擁有這樣一個房間的少女，會是割破別人喉嚨的殺人兇手？

還是……

她只是在錯誤的時間出現在錯誤的地方？

從被捕一刻開始，阿雪便堅持自己沒有殺人。被裁定有罪後，她曾經上訴過一次但被駁回，之後就沒有再上訴。目前阿雪正在魁北克的監獄服刑，製作團隊曾請求和她見面但是都被拒絕，史岱絲也透過林律師，希望透過他聯絡阿雪的家人。可是林律師表示，上訴被駁回後，阿雪的母親因為健康問題搬回香港，他雖然轉達過製作團隊的越洋採訪請求，但被回絕了。

而根據資料，阿雪的父親，即使是審訊期間，一次都沒有露過面。

「雖然當時這案件頗為轟動，但我當事人的父親，因為曾在多倫多居住過一段不短的時間，在當地華人社區也有點名氣，如果露面而被媒體拍攝到的話，恐怕會影響到他的生意。其實當時以我的判斷，控方的證據並不大有力，所以阿雪的父親覺得不需要過來。他在香港和中國大陸有不少生意，也真的無暇分身。」

「可是後來檢方讓陪審團相信本案證據確鑿，阿雪父親的態度對她的案件變得弊多於利。因為陪審團看到親人不出席的話，印象會不大好，甚至懷疑會不會真是她做的，才連親人也放棄了她。不過那時已經太遲了。」林律師說著，他說話的語調溫文爾雅，不像是會咄咄逼人的那類律師。

那不是惡性循環嗎？至親的態度讓陪審團認為阿雪有罪，判罪後，身邊的人更覺得她有罪，更加不會現身。

「最後連那孩子自己也放棄了。」林律師的表情有點哀傷，「這些年來，她沒有再上訴，即使已經可以申請假釋，她也不打算這樣做。」

「為甚麼？」

「因為她還是堅持自己沒有殺人。」

「那你認為她有沒有罪？」

「我相信她是無辜的。這是我執業以來很少遇到、那麼肯定的事。她的定罪，是一連串的巧合和對她的偏見造成的。」林律師堅定地看著史岱絲。

如林律師所說，福維爾鎮上的人對阿雪和她母親充滿偏見。

DOC

「她們都吃奇怪的東西。」這是積奇（Jacky），他在鎮上經營肉店，專營來自安省農場的鮮肉。「有一次她母親來買豬腦，誰會吃那種東西？」

「在亞洲不少國家，都有吃內臟的文化，在華人文化中更有『以形補形』的概念，就是以進食動物某個部位，達到強化自身那個部位的效果。」這是多倫多大學東亞研究所主任韓紹鳴（音譯，Siu-Ming Hon），「例如運動員受傷會吃豬腳，會給感冒咳嗽的人煲豬肺湯，特別在著重學業的華裔家庭，家中若有剛到新的學習環境的學生，家人給她煲豬腦湯，是再正常不過的事。」

史岱絲又做了點查考，除了亞洲以外，法國菜裡也有用動物的腦做成的菜色。所以奇怪的不是吃豬腦這回事，而是當這件事是由黑髮黃皮膚的婦人做的話，整件事情就變成像是巫毒一樣。

她訪問了幾個當時也在福維爾高中就讀的學生，他們對阿雪的記憶也很一致。

DOC

「阿雪？她是個很奇怪的人。」

「阿雪為人很陰沉，都沒和其他同學多說過話。」

「有一年的萬聖節，她穿得很怪來上學。」

「萬聖節有人穿得不怪的嗎？」鏡頭外的史岱絲忍不住問。

「呃，那不是一般人穿的……總之就很奇怪。上身像是白色的浴袍，下身則是紅色的鬆身長褲。對了，她還拿著一根棒子，棒子上端吊著一串串的紙……」那人手舞足蹈的比劃著。

「她都聽奇怪的音樂，那些像女人的男人唱奇怪的歌。」

如果當時有人問阿雪，她聽的是甚麼音樂，也許她就會告訴他們，他們口中那些「奇怪樂團」，是當時日本很受歡迎的男子組合，受歡迎程度大概等於那時北美的N'Sync[02]。他們口中說的「像女人的男人」，其實只是因為那時亞洲流行的男生身形都偏瘦，加上他們的五官比較細緻俊美，所以對北美的人來說，就會像是「像女人的男人」。

啊，還有，他們眼中奇怪的萬聖節服裝，其實是日本的巫女裝束，也是動漫迷流行的cosplay裝扮，因為阿雪是超級動漫迷。

整個福維爾高中，沒有人問過她那是甚麼服裝。對他們來說，萬聖節若不是裝扮成他們所知道的人物鬼怪就是奇怪的打扮。

DOC

性格陰沉、不與人交際、聽奇怪音樂、穿奇怪的服裝、加上吃腦袋的母親，這些加起來，就變成整個鎮對這家人不可動搖的印象；而這個印象，使阿雪成為沒有比她更符合凶殘殺害謝利這個兇手的角色。

加拿大總理賈斯汀．杜魯多（Justin Trudeau）在演講上說：「……多元文化不單是中聽的社會政策，多元文化還是推動發明的引擎，它產生的創意豐富了這個世界……」

杜魯多於二〇一六年世界經濟論壇發表的演講，在網上被廣泛流傳，可是，在二〇〇三年，阿雪一家的行徑，並沒有被視為多元文化。

至少在福維爾鎮沒有。

鎮上的人，包括警方和檢方，都認為這個外來女孩，也被謝利這個完美男孩吸引，因為求愛不遂而動殺機。

DOC

謝利真的那麼完美嗎？

如所有正常高中男生一樣，謝利有個要好的女朋友。珍娜．泰勒（Janna Taylor），和謝利同年。很多人也會先入為主以為美式足球員的女友，必定是冶艷的金髮女郎。珍娜雖然也有一頭金髮，可是既正經又乖巧。平日多穿T恤、牛仔褲、運動鞋上學，綁著馬尾的她看來個性爽朗。

「珍娜功課很好，第十班時，謝利和珍娜數學科同班，謝利常常請教她功課，他們就是這樣開始的。」福維爾高中的畢業生，也是謝利在美式足球隊隊友康納．派斯（Connor Price）無奈的笑著說。

康納現在已經三十出頭，穿著淺藍色的格子恤衫，體型還保持得很好，和高中的學生照相比，多了份穩重。

「那謝利高中時在功課上一直都是靠珍娜罩他？」

「呃，也不算是誰靠誰……」

DOC

史岱絲在福維爾高中調查時，發現了一件令人在意的事。每個福維爾高中的學生都有個網絡帳號，可以製作自己的網頁網誌等等。沒想到當年學生的作品還可以在網絡上找到，圖片的連結大多沒有了，可是文字的網誌還在。她發現其中一個網誌常常提到美式足球隊的種種，還有學校的生活，內容跟珍娜和謝利的日常很相似，疑似是珍娜的網誌——

> 只要你說一聲，我另外替你做一份也可以，為甚麼你竟然背地裡這樣做？這是對我最大的傷害！

這是該網誌的最後一篇。根據網誌的日期，是珍娜和謝利唸十一班的第一個學期。

史岱絲找到當年和珍娜要好的女同學，可是那人不願意入鏡。

原來在謝利死前的那個學期，珍娜和謝利一同修十一班歷史科的學分[03]。可是只有謝利修畢了那個學分，珍娜中途退修，後來在十二班時再重修那一科。

「謝利怎樣看也不像會喜歡歷史吧？他只是要修和珍娜一樣的課，希望珍娜在功課上幫他。一開始時，珍娜被迷得頭暈轉向的，甚麼也沒發現。」化名莉莉（Lily）的女人說，她是珍娜高中時要好的同學。「那門課最後要交一份論文，佔整體的分數比重蠻高的。好像是老師發現了珍娜和謝利的論文很相似，無論是題目、論點和資料都差不多一樣。」

「所以他們其中一人抄襲了對方的論文？」

「應該是吧，老師也分別約談了他們。他們說了甚麼就不知道了，但是老師的處境也很尷尬。」

「為甚麼？」

「珍娜的母親是學校裡的英文教師啊，而謝利是校內的美式足球明星！不管說誰抄襲都會引發很大的麻煩，可是又不能讓兩份這樣相似的功課過關嘛。」

「那後來是怎樣解決的？」

「後來珍娜主動退修那門課，沒有承認也沒有否認抄襲。不過她為此很不開心，有找過我們幾個女生訴苦，說是謝利偷偷抄她的，而且她被美式足球隊的人恐嚇，因為如果球員在學校有甚麼不良紀錄，是不能出賽的，珍娜怕背負害學校拿不到區際冠軍的罪名，雖然沒有表現出來，但她那時一定很委屈。」

「看到這一段你有甚麼感想？」史岱絲將疑似是珍娜的網誌最後發的一篇帖文列印出來，給莉莉看。

「很合理啊，以珍娜的能力，其實只要謝利開口，她也可以幫他另外寫一篇。所以當時珍娜才那麼生氣。」

所以，我們看到，那個功課也很好的運動員謝利，是真的腦袋好又用功，還是只是一直利用女朋友來過關？甚至不惜聯合球隊，用卑鄙的手段逼人就範？

「你有沒有聽過謝利抄襲珍娜論文的事件？」史岱絲問康納。

「甚麼？謝利沒有抄襲珍娜歷史科的論文啊？那是無中生有。」康納想也不想就回答，雖然史岱絲沒有說過是歷史科。

據莉莉說，當年謝利幾乎和珍娜修一模一樣的科目，還特意安排時間表跟她同班，爭取更多時間在一起。而事隔那麼多年，康納卻仍能馬上就說出是歷史科，可見他對這個事件印象很深刻。

「不是你去唬嚇珍娜的嗎？」

「高中時做了甚麼蠢事，我不記得了，但是應該不只我一個吧，整個足球隊都有份。」

「那不是欺凌嗎？整個足球隊施壓一個女生。」

「這樣說太嚴重了，誰敢動她啊！她爸爸是警長啊！」本來看來溫文的康納有點沉不住氣。

康納說得沒錯，作為最接近死者的人，珍娜的嫌疑很快便被排除了，很大原因是因為她的父親費沙・泰勒（Fraser Taylor）是鎮上受人尊敬的警長。據法庭文件中的警方筆錄，二〇〇三年八月十四日，下午六點之後，珍娜一直在家——往後會告訴各位這個時間的重要性，現在請大家先留意著——珍娜家裡的人都為她作證，其中包括了她當警長的父親，這是有力的人證，因為沒有人認為，鎮上受人尊敬的警長，和作育英材的高中教師，會共同為了女兒撒謊。

發生大停電、鎮上可能一片混亂的時候，平常敬業的休班警長，決定整晚留在家裡，剛巧為女兒提供了不在場證明。

「福維爾高中的美式足球隊，本身就像是某種扭曲的兄弟會。」不願上鏡、只露出黑色身影的男人，用經過處理的聲音說：「一致的行動是必要的。」

「包括欺凌？」

「你指對外還是對內？」

「你是說在足球隊內部也有欺凌行為嗎？」

「我只見過一次……康納私底下拿錢給謝利，就在謝利出事前那個學期末的時候。」

同一時間，鏡頭映出在福維爾鎮拍到康納從汽車走下來，關上車門的片段。螢幕中的他緊鎖著眉。

康納是謝利最好的朋友——表面看來是。

「你記得有多少嗎？」

「確實金額不記得了，但肯定最少有幾百元，我看到謝利在數一百元鈔票。」

「所以謝利在球隊中有特權嗎？」

「他帶頭的話，其他人也會跟著行動。」

「所以為了謝利功課能過關，就整隊人一起向珍娜施壓？」

「嗯。」

「那球隊還做了甚麼其他的事？」

「……其實也不是甚麼壞事，就是一般高中生會做的事，偶爾會抽煙喝酒，就這樣。」

「男女關係呢？」

「就玩玩而已……」

DOC

他口中的「就玩玩而已」並不是兩小無猜去個約會那種玩玩。史岱絲翻閱林律師的筆記，裡面提到福維爾高中當年在網絡上架了個討論板，給老師和同學在網上開不同的題目交流，重要的是，那是匿名的，除了系統管理員外，用戶可以隨便選擇顯示的名字，甚至每次登入也可用不同的名字。當中最熱鬧的，就是美式足球隊的討論板。

而那討論板，漸漸變成球員和女球迷互相勾搭的地方。

由於可以私訊，確定目標後，他們都會利用私訊繼續聊，有點像現在的交友手機應用程式。差不多每個球員都試過用這方法，結識平日在學校沒甚交集的女孩。最常是約去派對見面，之後發生甚麼事也不用多說。

「粗俗點說，就是約炮的地方。」

在林律師的筆記中，有一個女孩的名字：麥迪遜．韋爾（Madison Wale）。

根據林律師下載的討論板紀錄，麥迪遜在春假後，化名「麥迪兒」和「大G」有頻繁的交流，即使是公開的討論串中，言詞也頗露骨，例如「這個星期日的比賽，如果你女友不來打氣的話，我會穿著短裙為你加油」、「球隊制服的褲是不是太窄了點？害我都不知要看哪裡」。

而在討論串最後，她向「大G」提出私訊聯絡。

「大G」就是謝利，他在足球隊的討論板都會用這個網名，當時隊中也只有他一個名字是G開頭。

林律師表示，時間上那就是謝利和珍娜因為論文事件鬧得不愉快的時候。他懷疑謝利可能和麥迪遜有交往，甚至發生了性關係。

可是最後麥迪遜並沒有被任何一方傳召作為證人。

「麥迪遜作為辯方證人可以說是兩面刃。」林律師說：「如果她和謝利真的有不可告人的關係，那她或是她身邊的人就會有殺謝利的動機。不過先說她本人，她案發當天也在打工，更是在謝利工作的咖啡店旁邊的麵包店，不過她有不在場證明——停電之後她和美式足球隊的人就在咖啡店內。當然，也可以說是她身邊的人動的手，例如喜歡她的人之類，這也是在謀殺案中常見的，提出其他可能性，希望在陪審員心裡產生『合理懷疑』。而且也可以證明警方和檢控那邊，沒有完全排除其他可能性便控告阿雪。但問題是，當時她身邊沒有一個特別明顯會為了麥迪遜而去殺謝利的人。即使要轉移視線也要在合理原則下，不然就變成那天在大街上所有認識麥迪遜的人都有嫌疑了。而另一方面，提出麥迪遜這個理由卻會突顯了謝利花花公子的形象，那就可能鞏固了控方有關阿雪殺人動機的理論——阿雪覺得被謝利欺騙感情而狠下毒手。」

那為甚麼控方也沒有傳召麥迪遜？

「我想是因為他們也不想謝利被塑造成花花公子。一般的情殺案，如果犯案的是女方，陪審團多偏向同情被告，很多時候會先入為主的認為是男方負了女方，女方殺人『情有可原』，甚至有由謀殺罪改判誤殺的例子。」

DOC

「你知不知道麥廸遜．韋爾？」鏡頭外的史岱絲問康納。

「呃……就是高中時的同學嘛。」康納的樣子有點不自然，他調整了一下自己的坐姿。

「她和謝利有甚麼關係？」

「甚麼關係？能有甚麼關係？」康納突然提高聲音，但發現自己失態後又調整了一下坐姿，然後他繞著雙手環抱胸前，「喂，這不是只講謝利的嗎？」他看了看鏡頭外。

為甚麼康納一聽到麥迪遜就那麼敏感？

「麥迪遜啊，她是學校裡的大美女。」背對著鏡頭的前美式足球隊員說：「她常常來看我們練習，春假前後她來得非常勤，比賽也一定來捧場，喊加油時比啦啦隊還賣力呢。當時我們都說，她應該是對謝利或是康納有興趣，我們還暗地裡打賭。我本來還以為她是在追康納的，但春假後就明顯看出她的目標是謝利了。」

為甚麼？

「你也看到學校討論板上的留言啦，那麼積極主動，擺明就是要把謝利釣到手！我們也調侃過謝利，問他的麥迪兒『表現』如何，不過他一概否認，說和她甚麼也沒有，我看他根本就只當麥迪遜是那種隨便的女生，上了人家又不認帳，當然那是謝利嘛，我們這些人也只有羨慕的份，連麥迪遜也沒有說甚麼，我們又憑甚麼不屑謝利的行為呢？」

謝利是不是真如外間所言的那種完美男孩？還是，他也只是一般的高中男生？不，是恃著美式足球隊員的特權，獲得一般男生不能得到的好處？

這個案子中，明顯地，檢方對於將阿雪以「一級謀殺罪」[04]判罪志在必得，所以案件被說成阿雪一廂情願喜歡謝利。因為這個原因，謝利和其他女孩的關係，在法庭上完全沒有被提起。

檢方對動機的闡述，也是來自福維爾高中的網上討論板。

在「興趣」的討論區，有個不大顯眼的討論板「ANIME」。因為討論板是以帖文多寡來排行的，這個「ANIME」，差不多排在最底下。

二〇一九年的今天，「ANIME」，也就是日本動漫，在北美已經非常流行。可是二〇〇三年，在非大城市的福維爾，卻是大部分高中生沒有聽過的字，雖然那其實是從英文翻譯過來的。在討論串中甚至有幾個關於動物（按：animal）誤入的帖文。

而這個「ANIME」討論板中，除了誤入的帖文外，基本上都只有兩個人在發帖：「涼介」和「玲乃」。如果你是日本動漫迷的話，對這兩個名字一定有感覺——那是著名日本動畫片集《雷德林戰記》（レドラム戦記）的兩個主角，日本於二〇〇一年首播，而加拿大則是二〇〇二年十一月起深夜時分在卡通台播映，當時也掀起不少話題。故事說的是原本是家中神社巫女的高中生玲乃，和學校籃球隊主將涼介，一起掉落在像是歐洲中古時代的異世界雷德林，並捲入當中年輕落難王子的王位重奪反擊戰。本來互看對方不順眼的涼介和玲乃，在過程中漸生情愫。

討論板是由「玲乃」發帖，開首是談英文版的《雷德林戰記》的配音。之後有發文談正在播映的其他日本動畫、周邊商品等等。帖文中開頭沒有人回帖，後來「涼介」發文。

那是他的發帖，「玲乃」回了一個笑臉。

※ 作者：玲乃
※ 標題：《雷德林戰記》的配音
※ 時間：Mon Nov 18 17:35:29 2002

→ 涼介：偶然看到這個討論板，看到你介紹《雷德林戰記》，看了一集，非常好看！ 11/19 18:20
→ 玲乃：:) 11/19 18:23

之後「涼介」問有關動漫的問題，例如哪套動畫最受歡迎，有哪些周邊商品可以收集等等。「玲乃」也很細心的回覆。看著那些討論串，外人也可以看得出，「涼介」和「玲乃」愈來愈聊得來。

當然，說了一大堆，你一定可以猜到，「涼介」就是謝利，「玲乃」就是阿雪。在法庭上，檢方像是說故事般說著一個懷春少女的苦戀：在學校沒有朋友、正值青春期的少女，惟有在網上討論自己最熟悉的動漫才能在虛擬世界找回自信。剛好在這時候，她在討論區遇上和她志同道合的人，那人還用動畫裡和自己是一對的男主角的名字。這個少女，不禁幻想著自己和這個人正開啟一段甜蜜的戀愛。

然而，男主角對女孩根本沒有意思，對他來說，他只是偶然發現了動漫這有趣的東西，而在小小的福維爾鎮，竟然會有這樣的一個討論板。在網上的一切，只是單純的興趣交流。他從來沒有想過，要和屏幕另一端的「玲乃」有進一步的發展，因為他已經有要好的女朋友。

當女孩發現男孩現實中的身分後，當然也知道他已經有了另一個她的事實。女孩覺得被男孩欺騙了感情，心有不甘的她決定報復。就在八月十四日那一天，女孩以她擁有的刀子，殘酷地向男孩的頸砍下去……

聽起來好像合情合理？可是這不是電影，不能聽起來可能發生的便成立。這是謀殺案的審訊，要將阿雪定罪，需要在沒有合理疑點的情況下才成立。當然辯方盡力提出這個故事中的弱點。

首先是沒有證據證明阿雪曉得「涼介」就是謝利。如果阿雪根本不知道「涼介」是謝利，那動機便不成立。

阿雪和謝利在討論區的交集，無論是珍娜、康納或是其他認識謝利的人都不知道，沒有人知道謝利對動漫有興趣。如果謝利把自己的興趣藏得這麼好，為甚麼阿雪卻能奇蹟地發現「涼介」就是謝利？

「實情是，警方判定阿雪是兇手後，搜查她的電腦時發現這個討論區，追蹤『涼介』的IP到一家經營網咖的遊戲店。那店在謝利打工的咖啡店隔壁，那裡的店員證實了，謝利常常在打工時偷溜到那裡上網。而且學校那邊也證實，『涼介』的帳號，是用謝利福維爾高中的電郵開通的。」林律師解釋著：「阿雪直到在法庭上才知道那是謝利。」

所以，警方不是從動機入手，而是有了疑犯才去找動機。

因為謝利只有在網咖上網時才會以「涼介」的身分和阿雪交流，檢方更推斷謝利有心隱瞞和阿雪這個學校裡的怪人的交集，而阿雪具備比一般高中生更高明的電腦知識，所以很有可能一早就發現「涼介」就是謝利。面對心儀的人竟然想掩飾這段關係，那份不甘漸漸醞釀成殺機。

而控方提出的「更高明的電腦知識」，是阿雪懂得一點程式編寫，還製作了一個和動漫有關的同人

flash 遊戲。但是在二〇〇三年，對陪審團來說，這足夠讓他們認為，作為華人的阿雪，必定是頭腦比較好、數學好的某種電腦神童。

還有另一個在陪審團眼中對阿雪來說致命的破綻，是在謝利遇害前，他在「ANIME」討論區留下了一個帖文，而阿雪並沒有回覆。

就好像知道謝利不會看到一樣。

對此，阿雪沒有特別的辯解，只說沒有甚麼特別原因，就是沒有想回覆，硬要說原因的話，大概就是對帖文不感興趣。這不就是高中生嗎？行事都沒有甚麼特別理由，只憑感覺喜好做事。當然在其他事上這樣隨性沒有所謂，但在謀殺案的辯護上，可不能聳聳肩漫不在乎的說著「我不知道」。

還是，她真的是知道謝利不會看到帖文？

下一集，我們會繼續抽絲剝繭，深入分析案法當日的時間線，沒想到這宗看似一目了然的案子，竟然存在很多明顯的疑點！

YouTube ▶格蘭頻道 | 第❶集 | 觀看次數：580次 | 首播日期：2019年8月3日 | 👍155 | 👎65 | ↗ | ≡+

1.2 格蘭YOUTUBE頻道——回應《不白之冤》| GLEN'S YOUTUBE CHANNEL

第一集 | #1 | 訂閱🔔

你好，這是我第一次製作影片，我叫格蘭．雷拿（Glen Renner），來自安大略的福維爾鎮……我也不知道為甚麼我會拍這個影片，但是我想說，就像，我覺得我要把我的看法記下來。就像，有人會寫日記，我當然不是指那種上鎖的紙本筆記簿，雖然我肯定還有人會這樣做……呃，我指的是，每個人都會用自己的方法去記下想法，而我的方法就是這個影像部落格。

其實，我想說的，是關於前兩天電視上播出的那套《不白之冤》。

呃，等一下，讓我準備一下……

〔深呼吸深呼吸……〕

好！呼——我要說，我要對電視台的做法，提出嚴重的抗議！

呀，我好像還沒有自我介紹。

我剛才說了，我叫格蘭，我哥哥叫謝利——對，就是紀錄片《不白之冤》裡提到的那個死者。他比我大十一歲，所以他走的時候，我才六歲。雖然我年紀那麼小，相處時間不多，但我對謝利的記憶仍是那麼鮮明。

為了讓沒有看過《不白之冤》的朋友們了解來龍去脈，我就簡單解釋一下整個案件。

二〇〇三年八月十四日，嗯，如果你的記憶力好的話，那是東岸大停電的第一天，我們鎮上也要三天後電力才全部恢復。那天謝利在咖啡店打工，因為停電，他只能提早關門，關店後他和美式足球隊的人在店內閒著，最後有人見到他去咖啡店後巷抽煙，從此就沒有人再見過他。一直到第二天一早，他的屍體被人發現在離我們鎮上十多公里遠的一個荒廢農舍中。

死因是頸部大動脈被割破而大量失血致死。簡單來說，就是割喉而死。

幾個星期後，警察拘捕了一名和謝利上同一所高中——其實那也是鎮上唯一的高中，我也是那裡的畢業生——的華裔女生。

據說因為她擁有的一把刀和殺死謝利的凶器吻合，而且案發那天有人見過她駕車在福維爾大街附近出現，並駛進謝利抽煙的後巷。人證物證俱在，陪審團也一致裁定謀殺罪名成立而判處終身監禁。而她殺死謝利的原因，好像是因為求愛不遂、因愛成恨而動殺機。

而《不白之冤》就是打著重新調查這案件的疑點的電視紀錄片。如果你沒有看過的話，我勸你可以省下那些時間，因為他們講的都是垃圾！

說回《不白之冤》，我明白電視台是衝著「奇案」熱。自從年初開始，無論是大學裡，還是在我打工的咖啡店裡的同事和客人，嗯，對，我也在咖啡店打工，不過不是當年謝利打工的店，總之客人們個個都像變身成偵探一般，討論著那些所謂「奇案實錄」。先是幾年前開始流行的一套在網上收聽的廣播節目，內容是某個美國記者以像是報告的形式，講述她如何調查十五年前的一宗疑案，在她的敘述中會加插一些關係人訪談、法庭錄音等等。她指出法律程序上怎樣出錯、有哪些被忽略的疑點等等。聽說後來那案件真的有機會重審還是上訴甚麼的。然後大家開始談電視上另一套紀錄片，講述美國有個倒霉的男人怎樣坐了十八年冤獄之後，家裡的椅子還沒有坐暖又被控謀殺。

身邊的人都很熱絡的討論著，究竟他們是不是無辜？那真兇又是誰？我甚至見過有客人在店裡亮出一整疊筆記，和詳細的時間表，分析著被告行凶的可能性。

那些廣播和影集，都是美國製作，而這股謎案熱，前陣子終於吹來了加拿大，本地的電視台也紛紛開拍加拿大版的「重案實錄」。和美國相比，加拿大相對地治安良好，不過說實在的，我們也出過連環殺手，變態凶殘的案件也不少，可是要像美國那些又要近期、又有一點疑案味道的，實在寥寥可數，而那些案件也拍到爛了。

為了找疑案話題，電視台找上了我們家。把一宗早已結案的事件再挖出來，硬塞一些似是而非的「疑點」來帶動收視，這就是他們的目的。

半年前開始，他們就在福維爾鎮上到處碰。起初只有一名女記者，走訪了我們家，說要做個謝利案件的特輯，可是爸爸拒絕了，他說事件已過了這麼久，兇手也已經在服刑，現在只想一家人安安靜靜的生活。

但是那個記者並沒有罷休，她好像成功採訪了一些鎮上的人，之後就突然有一隊人來了我們鎮上，大搖大擺地拍攝。也是那時開始，鎮上的氣氛起了點變化，我和父母懷疑電視台對其他人不知說了甚麼，但既然沒有人跟我們說，我們也沒有問。

直至他們播映了第一集，我才知道他們那麼過分！

我當然知道他們不會只是簡單的報導謝利的案件，他們不會只安於「求愛不遂而殺人」這個沉悶而普通的理由；製造衝突，節目才會有看頭。這個年頭在北美，「文化衝突」會是最好的話題，謝利的案件正好符合需求——白人俊男和亞裔女移民。

但那個所謂「衝突」，也太誇張了吧！看了他們對福維爾鎮的描述，那些景色的剪接令福維爾看起來像是三十年前的鄉下小鎮！對！就是那些謀殺案肥皂劇出現的那種小鎮！電視台那些自以為是的人，那個說話帶多倫多腔的女記者，對，哈哈，你們不知道自己說話有多倫多腔調吧？你們當然不知道！就如美國人以為美國是世界的中心，多倫多人也以為多倫多是加拿大的中心。他們只是透過他們的鏡片看其他人。

是的，畢竟福維爾不是多倫多，但其實即使是十六年前，福維爾已經滿多元文化的，那時候我們鎮上也有日本餐廳，即使到現在，偶爾我們家也會去那裡吃飯，只不過老闆的孩子當時在多倫多上大學，所以才會有「學校只有阿雪一個少數族裔」的假象。

對了，日本餐廳是謝利介紹給我們的。當時電視上播的日本動畫不算多，即使有也是像《美少女戰士》那種給小孩看的，但謝利打工的咖啡店隔壁有家遊戲店，對了，那裡的老闆好像是中東人，除了桌遊外，也經營網咖和動畫 DVD 的租賃，謝利就是從那裡打工的朋友知道那日本餐廳。

而現在的福維爾，已經更接近多倫多了。很大原因是幾年前在附近成立的福維爾大學，我也是那裡的學生，呃，應該說是畢業生吧，我剛畢業。福維爾大學招收了不少中國留學生，雖然他們大都以那作為跳板，轉到其他大學。但是一個城市有一所大學，證明了它的地位。所以今天的福維爾，已經不是，呀，不，從來也不是，一個封閉的小鎮。我成長過程中，一直見證著福維爾鎮的發展，我也為自己身為福維爾人感到驕傲！你知道嗎？多倫多那些有錢人說要「吃本地物產」，他們知道那些農產品是哪裡來的嗎？還不是像我們福維爾這些「鄉下」地方！沒有我們這些農場出產的東西，你們多倫多人要吃屎了！

我知道，他們近美國、近紐約，就以為自己真的像紐約那麼繁盛嗎？一心只知親近外人，覺得人家甚麼都好，明明我們有那麼美麗的土地，都不懂珍惜感恩。我知道，電視台的那些人，只是一廂情願的覺得我們是保守封閉的小鎮，他們不願了解，其實我們的生活，甚至比多倫多好。

所以這個鎮上根本就沒有甚麼衝突，謝利的案件根本沒有疑點呀！

經過警方調查、檢方考量證據後的檢控、陪審團的裁決，經過了那麼多關卡，才定了阿雪的罪。而電視台竟然為了戲劇效果，硬要提出一些疑點。

所以，要加強節目的可看性，首先是侮蔑謝利的人格，把他塑造成一個爛人。

不只我這樣覺得，幾個福維爾高中時的同學都傳了短訊過來，都是些問候的話，說看了《不白之冤》，對片中那記者把哥說成愛玩弄女孩、又恃強凌弱的渣男感到很不值。

節目說阿雪一直堅持自己無辜，真可笑，她當然會說自己無辜啦，不然那就是認罪了。正常人一般都會盡力逃避刑責吧。雖然，看完第一集後，有件事我始終想不通。

就是阿雪喜歡上謝利這件事。

《不白之冤》播出了阿雪從前房間的樣子，牆上的海報雖然看得不清楚，但可以看出是亞洲的男團，加上記者不斷提出阿雪當時的偶像是那些「像女人的男人」，也因此加深同學對她的偏見。我在網上搜尋了當時最紅的亞洲男子組合，果然都是一些眉清目秀、身形偏瘦的男孩，有些甚至現在還活躍於演藝圈的；當然，以現今時尚眼光來看，當時的髮型是很可笑。我在大學時的女同學，都是韓國偶像男團的粉絲，雖然當中還是以亞裔女生居多，但是我認識的非亞裔女孩中，也有喜歡亞洲男團的呀。如果是今天，阿雪喜歡男團，應該就不那麼奇怪了吧。

我努力回憶謝利生前的模樣，當然也翻看他以前的照片，撇開種族不談，他是美式足球員，雖不至是那些誇張的肌肉男，但身形絕對不是那種偶像男團的瘦削型；樣貌方面，他雖然算英俊，但也絕不是偶像明星的那種臉蛋。

單是外表，就很難相信阿雪竟然暗戀著謝利。可能有人會說，不能單憑外型的差異便下那樣的結論。天！那時他們是高中生哪，外表就是一切！我知道我知道，如果他們在現實生活中有交集的話，也可說成日久生情，發現原來自己真正喜歡的，不是幻想裡的那個人，而是真正能和自己相處的人，這種老掉牙的事我也看過。

可是從來沒有人見過他們兩人在現實生活中交流過啊。

他們唯一的交集，是在網上「ANIME」討論板。從《不白之冤》播出的那些帖文看來，那都只是平常的對話，大部分都是「涼介」在發文問有關動漫的東西，而「玲乃」（即是阿雪）在解答他的問題。如果阿雪真的對「涼介」有意思的話，應該會主動發文給他，或是邀他私訊聊吧？然而在討論板上沒見到那樣的東西。而且為了確認，我也找到了那個討論板，本來我以為要有帳號才能進去，還借了正在福維爾高中就讀的朋友的電郵地址去登記帳號，但原來瀏覽不用帳號，不過要發帖或留言的話，要用現役福維爾高中的電郵地址才能開通帳號。不過現在已經很少人用了，當然，要討論也用手機傳簡訊啦。

我不覺得謝利和阿雪真是那種關係，阿雪一定是因為別的原因殺死謝利的，但是警方懶得找出真正的原因，因為反正已有足夠證據將阿雪定罪了。

節目在暗示，受大家歡迎的謝利，雖然和阿雪在交往，但是為了形象，隱藏了這段關係。

但是，謝利真的和阿雪在交往嗎？

正如節目說的，謝利是高中裡的美式足球明星，又是學生會副會長，女朋友珍娜又是標準理想女友：成績好，父母是警長和老師，看起來謝利根本就是擁有一切的人生勝利組。難道說，這些都是為了維持美好形象嗎？謝利真正喜歡的是學校裡的怪人阿雪？

還有，節目中將謝利和珍娜之間吵架那段，說得像是甚麼大醜聞，但說穿了，不就是高中生嘛，一點小事也會在朋友圈中發酵，就是男女朋友之間一點誤會，然後各自的朋友都會選邊站，謝利那邊當然就是高大魁梧的美式足球隊員，節目中沒有說，可是珍娜那邊又怎會沒有支持者啊？我想當時她也有一班書呆子聲援她吧，只是電視台沒有拍出來。

而且，後來珍娜也和謝利分手啦，結合電視台的時間線，謝利和珍娜應該是那年春假[05]前後就分手了。對，因為那時候我唸的幼稚園也放春假，謝利不用打工的日子都會當我的保姆，之前有這種情況的時候，珍娜都會過來，但我不記得那年春假有見過她。話說回來，珍娜高中畢業後去了溫哥華那邊上大學，之後就一直待在那邊，幾年前她生了小孩，她父母也退休搬到那邊了。這也好，希望他們不會被電視台騷擾。

康納也是一樣，根本沒有甚麼欺凌要錢那回事。

你們一定會說我是謝利的弟弟，所以不夠中肯吧。好，那我就給你們看證據！為了找證據，我昨晚趁媽媽和爸爸睡了以後，偷偷進了謝利的房間。

一直以來，我很少到謝利的房間，因為被媽媽發現一定會被痛罵一頓，而那個房間，就像是家裡一個看起來有人住的客房一樣——嗯，你以為這只是電影裡的劇情嗎？其實現實生活也一樣，媽媽一直持續打掃那房間。所以老實說，房間現在一點也不像高中男生的房間，印象中哥的房間還要凌亂點，而且因為有他隨處丟的運動服和他打球的裝備，我記得小時候總是在他房間外向樓下大喊「媽媽！謝利的房間很臭！」

這時他就會從房間衝出來摟著我，邊笑邊用運動服捂著我的鼻子，「誰臭？你說誰臭？誰怕誰啊？」

然後我倆就這樣在扭打著玩，直到我沒氣力倒在地上大笑為止。

他的書桌和抽屜都很整齊，應該是媽媽收拾的吧，我一邊看，一邊擔心媽媽的心意會讓重要線索遺失。不過看來她還是保留了謝利所有東西，桌面上有高中的筆記、樂隊專輯、雜誌等等，上面沒半點灰塵，好像謝利昨天才翻過。

桌面上有一個綠色的活頁筆記夾，裡面是一頁頁手寫的筆記。謝利的字……哈哈，很醜。看來是英文科有關《李爾王》（*King Lear*）的筆記。我們高中英文科每年都會讀一本莎士比亞和一本現代文學，我記得第九班是學《羅密歐與茱麗葉》（*Romeo and Juliet*），第十班是《馬克白》（*Macbeth*），第十一班和十二班則是在《仲夏夜之夢》（*A Midsummer Night's Dream*）、《威尼斯商人》（*The Merchant of Venice*）、《奧賽羅》（*Othello*）和《李爾王》四本中輪替，不過必定是一本喜劇和一本悲劇。這好像是福維爾高中的一貫做法，從謝利的年代一直到我高中時都是。謝利當年十一班唸的是《李爾王》，那如果他沒有被殺的話，他最後一年就應該會學《仲夏夜之夢》或《威尼斯商人》，和我剛好相反，我是十一班唸《威尼斯商人》，十二班唸《奧賽羅》。我還記得因為謝利沒有《奧賽羅》的《高氏筆記》[06]，我要特地去買。

我拉開書桌的第一個抽屜，有個原本是裝電腦列印用紙的盒子，裡面有一個錢包、一個現在可算是古董的摺疊式手機、一疊銀行卡和單據、幾張二十元和五元的鈔票、一些筆記等等。

那些應該是謝利被殺時身上的東西，其他應該是警方來我們家找線索時取走、結案後便歸還給我家的物品，都似乎沒有甚麼參考價值。

大家也看到了，如果謝利真的是因為喜歡日本動漫和阿雪搭上，那為甚麼他的房間完全沒有任何和動漫有關的東西？如果你相信電視台的觀點，因為動漫是小眾喜好，所以謝利不敢給別人知道，但為甚麼他的房間也沒有藏起相關產品？

不過有一樣東西吸引了我的注意。

那是一張餐紙巾，上面印著謝利打工咖啡店的標誌。

紙巾上面，寫著「雷德林戰記」，和「7/17」。

「7/17」應該是日期，我上網搜尋了二〇〇三年七月十七日。

撇除看來全無關係的結果，最接近福維爾的，就是那天是「多倫多粉絲博覽」的開幕日期。「多倫多粉絲博覽」是一年一度夏天在多倫多舉行的大型展覽，主要是動漫、遊戲等等，北美和日本的都有，很多粉絲都會悉心打扮去參加。

多倫多粉絲博覽？

難道這就是把謝利連接到「ANIME」討論板的其中一個證據，證明了謝利真的對動漫有興趣？不過這只是寫在紙巾上塗鴉一樣的筆記，並不能證明他指的真的是多倫多粉絲博覽，而且除了這張紙巾外，並沒有其他東西，可以證明謝利對日本動漫有興趣。

看著抽屜中的那些鈔票，我突然心血來潮，繼續翻書桌上的其他抽屜，可是沒有找到其他現金。

我記得《不白之冤》節目裡，那個不願入鏡的人，說在學期結束時，看到康納給了謝利幾百塊[07]。可是，除了盒子內那幾十塊外，我並沒有在他房間其他地方找到任何鈔票。

所以謝利是在被殺前已花光了那幾百塊？

福維爾不是多倫多，二〇〇三年一個高中生怎樣花掉幾百塊錢？而且他不是在咖啡店打工嗎？我記得媽媽說過，自從他開始打工之後，他再沒有向家裡拿過零用錢，甚至說過要為大學學費存錢，希望不用借太多學生貸款。所以我一滿十六歲，爸媽就要我去打工，雖然我知道他們是要我汲取人生經驗多於賺錢。

又扯遠了，總之，那時謝利是有儲蓄的。

我繼續翻著抽屜，終於找到我要找的東西。那是謝利的銀行存摺。雖然才隔十多年，但銀行存摺已經變成彷彿是上個世紀的東西。不過幸好那時有這種東西，現在我才能確認我的想法。

雖然說要存大學學費，可是謝利好像開銷也不少。所以最多也只存了一千元左右[08]，連一個學期的學費都不夠。

然後，在二〇〇三年六月底，他從銀行支票帳戶提走了那一千元。

一千元再加上從康納那裡的幾百元，謝利要那麼多錢做甚麼？

我檢查了房間每一個角落，福維爾沒有甚麼夜生活，而且如果謝利突然花錢如流水的話，鎮上不可能沒有流言蜚語。所以他應該是用那筆錢買了甚麼，但如果他真的買了甚麼，那東西應該還在這房間內。

可是環顧整個房間，也不見和那筆錢相稱的東西。我想到的只有美式足球裝備，可是頭盔和護肩都是學校提供的，球鞋也不可能那麼貴。

其他的可能性，就是買給珍娜的東西，如果謝利因為論文的事想對珍娜好好道歉的話，可能會買些比較貴重的東西賠罪。

還是麥迪遜？

內心突然湧起一個想法，但我立刻就自責，為甚麼竟然會有這樣想的念頭：那筆錢，會不會是給麥迪遜的掩口費？要她不去張揚和自己的關係？

還是……更可怕的，會不會是和麥廸遜意外懷孕，那是去非法墮胎的錢？

為了更了解那筆錢的動向，更重要的是，證明我哥哥不是《不白之冤》說的那種人，星期六我一大早便跑到位於鎮上大街的家庭式餐廳。每個周六早上，康納都會帶女兒到附近的舞蹈教室學跳舞，然後就會來這裡，邊喝咖啡邊等女兒下課，我在鎮上碰過他好幾次。康納高中畢業後沒有上大學，在多倫多的社區學院畢業後，便回到鎮上幫他爸爸打理汽車買賣經紀的生意。我爸最近終於賣掉他的老舊雪佛蘭，換了一輛日本車，就是在康納那裡買賣的。

我坐到他對面。

康納看到我也沒有太驚訝，他呷了口咖啡，眼神有點想迴避我。可是隔了一會，他終於開口：「你看了？」

我點點頭。

他大概也猜到我的來意。我說要幫助他反駁電視台，他同意了讓我用手機錄音。

「他們剪掉了很多。」像是心中有鬼，康納自己說：「剪了很多和播出的相反的話。」

其實他不說，我也這麼認為。電視台製作節目，一定有他們立場，他們一定會誘使康納講出他們覺得有用的「對白」，然後左剪右剪，拼砌成他們要給觀眾留下謝利不是好人的形象。和之前電視播的同類節目差不多，這種「奇案實錄」的製作人的目的，就是要製作「冤案實錄」，要讓觀眾覺得，案件有很多疑點，阿雪沒有殺人，兇手另有其人，但是因為鎮民的歧視——呃，當然沒有明說，但製作人的矛頭顯然易見——阿雪並沒有得到公平的審訊。

美式足球員有時候給人是霸凌者這個先入為主的印象，這樣的一個死者，和正在坐冤獄的無助女孩，觀眾當然會同情女孩。

「你是不是真的有給謝利錢？」

「他問我借的，五百塊。」他直認不諱，「他說有急用。可是他說會用每個星期打工薪水分期還給我。」

如果突然要用錢，康納的確是最好的借錢人選。謝利身邊的人中，康納家裡的環境算是最好的，順帶一提，康納的家和阿雪的家位於同一個地段，市長也住在同一條街。

五百元。

康納借的五百元，加上在銀行提取的一千元，謝利花了一千五百元在某樣東西上面。

「他有提過要怎樣用嗎？」

「沒有，我也覺得奇怪，他好像有儲蓄不是嗎？」

「呀……唔。」我沒有告訴他謝利其實也提走了自己存下的一千塊，「那你知不知道謝利和阿雪的事？」

「我喝得再醉也不會拿這個來開玩笑，實在是最可笑的笑話。」這是他想也不想的反應，「你以為這是青春劇嗎？美式足球隊的都是惡霸？阿雪那種女生有自己的世界，我們在自己的生活也夠忙了，才不會理那些和我們風馬牛不相及的人。」

「那珍娜呢？你們不是一起向她施壓嗎？」

「老天爺！我們是低聲下氣去求她的呀！是，謝利是有不對，但我們也只是以大局為重嘛。哎，我也有跟電視台說，當時珍娜她們也有給我們好看呀，在其他課上我們都被整得很慘，她們成績好，每天上課我們都被她們揶揄只有肌肉沒有大腦，又故意阻礙我們聽課，她們不上課也有好成績，但我們不行嘛，只是電視台剪了沒有播出來。」

看，我的哥哥謝利並不是電視台說的那種欺負同學的爛人。

跟康納談完之後，我去找了麥迪遜，她高中畢業後沒有離開福維爾鎮，本來在麵包店打工的她在那裡當起長工，結婚後過著普通平凡的生活。我家都是在她工作的店買麵包蛋糕的，所以我們和她算熟稔。

我們從來都不知道她和謝利曾經有過甚麼。

我去到麵包店時，看店的不是麥迪遜而是老闆娘。聽到有人進來，本來背著門口的她說：「如果不是來買麵包的就請你離開。」看來這陣子有很多人來找麥迪遜，老闆娘讓她在店後面工作。當她轉過來看到是我時，她眼中閃過一種……一種奇怪的眼神。

我隨便買了一條法式麵包，本來以為會空手而回，呃，也不是，我最後拿著法式麵包。可是才離開店幾步，麥迪遜追了上來。

哦，也對，在店後面一定有監視器，看得到店面的情況。但這有點意想不到，我來不及錄音。

我們到了店後面的後巷，因為我的車停在那裡。喔，那就是謝利最後被目擊的地方。我們也不是特別要去那裡，只是那條後巷位置差不多在大街的中段，有幾個公共車位，所以如果把車子停在那裡的話，去逛大街比較方便。

「我跟你哥甚麼也沒有。」她說：「沒有交往過，沒有睡過，在學校討論板以外，根本沒有交集。」

甚麼？

對，她說，她．沒．有．和．我．哥．睡．過！

我聽到她這樣說時，我也很驚訝。畢竟受了節目影響，也不免先入為主以為她是那種女孩，而且她高中時，的確是長得非常漂亮。

但她不是在討論板和謝利調情嗎？

「對呀，電視上關於討論板的事都是真的。真是的，只不過是高中小孩子氣作的蠢事，竟然這個時候被挖出來。」她邊說邊摸摸口袋，但裡面好像甚麼也沒有。我猜到她是想抽煙，便從自己的口袋掏出我的給她。

「算了，等一下我還要回去工作。」她沒有拿我的煙。「當年在討論板寫的東西，不是要勾搭謝利，是故意貼出來讓康納吃醋用的。」

康納？

對，你沒有聽錯，原來當年春假開始，康納在和麥迪遜暗地裡交往，但康納一直無意公開他們的關係，麥迪遜因為不爽，就故意和謝利調情，想刺激康納。

「謝利知道我的目的，在討論板也就配合著。」麥迪遜說：「那時他和珍娜有點問題，但也不怕令珍娜誤會加深，都願意幫我。」

雖然這激將法非常幼稚，但對康納竟然奏效。

「本來已經要公開了，但剛巧發生謝利的事，之後他們美式足球隊發誓要在區賽打出好成績，以安慰謝利在天之靈，還不知誰定了『在捧盃前不准近女色』的規矩，康納也真的遵守，之後我們吵了幾場，後來就不了了之，算是分手了吧，高中畢業後就沒有聯絡了。」

《不白之冤》指謝利隱瞞和阿雪的關係，但原來當時還有康納在隱瞞和麥迪遜的關係。

啊，難怪我聽說過福維爾高中美式足球隊有在區賽期間不近女生的傳統，在我唸高中時曾引發當時的女學生會長抗議，說是性別歧視，原來這個奇怪的傳統，是從謝利的死開始的。

麥迪遜說當年被警方問話後，自己就和鎮上其他人一樣，把事件看成新聞一樣，看著阿雪被捕、受審、定罪，完全就是一個旁觀者，她從不知道自己曾被當成嫌疑人。

她還說，前陣子電視台找她，她以為電視台只是隨便找人發表意見而沒有理會，後來那個記者還企圖從後門潛入麵包店，但為免事情弄大，她只是把人趕走就算，並沒有報警。

「我才不是康納，已經這個年紀了還要出風頭。」她說。

只是她沒想到節目會這樣描述她，雖然不是甚麼見不得光的事，但多少也讓她因為高中時代的蠢事感到尷尬，特別是雖然她沒有讓孩子看那節目，但是孩子在學校還是會被同學取笑，不知是哪家的孩子，甚至用了「蕩女」這字眼來形容她。

總之，《不白之冤》並沒有特別在麥迪遜這條線追下去，負責的記者，去採訪麥迪遜的時候，應該要道明來意。他們的做法簡直就像是故意讓麥迪遜拒絕被訪，然後左右拼合康納的片段，做出讓觀眾懷疑和想像的空間。

那讓我總結一下，《不白之冤》描述的謝利完全失實：他和珍娜的種種，只是高中小情人之間的紛爭誤會，電視台並沒有提到珍娜和她的朋友事後對足球隊的報復。而謝利只是跟康納借錢，電視台根本沒有問當事人，卻被說成在霸凌隊友。而對麥迪遜，更加離譜的只是轉述一些流言蜚語。

總之，我對電視台的做法很不滿，他們應該要還謝利一個公道！

1.3 推論筆記 | MAKING INFERENCE

#1

殺人動機

◉ | **為甚麼謝利會被殺害？**

◉ | **阿雪有殺人的動機嗎？**

◉ | **為甚麼有人會認為這是一宗「冤案」？**

推論

❶ | 你覺得，阿雪有沒有殺人？

☐ 有，阿雪就是真兇！ 跳到❷

☐ 沒有 跳到❸

❷ | 如果阿雪是真兇，那麼「官方」所陳述的「事實」，是否就是「真相」？

☐ 是
[那麼故事看到這裡你可以就此打住了；不過慢著，真的沒有甚麼可疑之處嗎？]

☐ 不是，那麼「真相」是……
[暫時還說不出來？請繼續看故事發展吧！]

❸ | 如果阿雪沒有殺人，那你認為真兇是誰？

☐ 仍不肯定
[請繼續看故事發展吧！]

☐ 真兇就是：
[確定嗎？如未敢肯定，不如繼續看故事發展？]

讀者筆記 | MAKING INFERENCE

002 WHEN

2.1 《不白之冤》紀錄片 第二集

2.2 格蘭 YOUTUBE 頻道 回應《不白之冤》第二集

2.3 推論筆記 #2

5:15PM——康納目送阿雪駕車駛離後巷，這時和朋友

在大街上的珍娜目擊阿雪的車經過……

★ 不白之冤 — 48分鐘 — 第❷集 — 類型：紀錄片、凶案追查 — 節目性質：懸疑、推理 — 立即播放▶

2.1 《不白之冤》紀錄片 — DOCUMENTARY WHITE LIES

第二集 — EPISODE #2

以下節目受訪者言論純屬個人意見，並不代表本台立場。

十六年前，一宗駭人的殺人案，令寧靜的福維爾鎮，從此蓋上了一抹陰霾。隨著將兇手繩之於法，鎮上每個人都好像努力淡忘事件，包括死者種種鮮為人知的過去，塵歸塵，土歸土後，在鎮上的人記憶裡，只剩下最美好的一面。

在魁北克的祖莉葉女子監獄（Joliette Institution for Women），正為殺人罪服刑的女孩，自從十五歲移民到加拿大之後，她看到的這個國家的風景，就只有福維爾鎮，和冰冷的監獄囚室。一直堅持自己無罪的她，真相，究竟是不是真如鎮上的人認為的，那麼顯而易見？

上一集，記者史岱絲·凱基走訪了當年死者謝利·雷拿身邊好友，也有不願入鏡的同學，我們從他們的口中窺探到，陽光燦爛的謝利，也會動用自己的魅力和特權去達到目的。

阿雪真的只是唯一一個想殺了謝利的人嗎？

DOC

「警方的辦案當然不會那麼隨便。」這是現任福維爾鎮警長勒可（Nico），接替退休的前任警長，也就是珍娜的父親費沙；勒可當年也有參與調查。

「當年我們對每名認識死者的人——差不多鎮上大部分人都進行了問話，特別是在謝利失蹤時，在福維爾大街上的人。」

勒可警長說，當年警方根據目擊者的證詞，整理出一條謝利失蹤前後的時間線。

而阿雪，就在那裡的正中心。

當警方陸續排除其他人的嫌疑後，雖然當時大家也覺得阿雪和謝利風馬牛不相及，但阿雪成了最大嫌疑人。

「物理上，只有阿雪可能犯案。」勒可自信滿滿地說。

「那是甚麼時候的事？」史岱絲問。

「我不明白你的問題……」

「鎖定阿雪為最大嫌疑人，那是調查初期？案發後一個星期？兩個星期？還是一個月？」

「那……算是早期吧，因為當天晚上謝利沒有回家，當時警方也只是初步對當天見過謝利的人問過話，問話目的是想找到謝利。但是當發現屍體後，我們再進一步問目擊者有沒有看到奇怪的事，這時對阿雪的目擊證詞就開始浮現。」

「所以很早期，甚至早在警方調查其他可能性之前，阿雪已經是嫌疑犯，而之後警方就集中搜集阿雪是兇手的證據不是嗎？」史岱絲的上半身向前傾，直盯著勒可。

「這簡直是強詞奪理，我也說了，物理上只有阿雪可能犯案，你說的其他可能性很小。」

「『其他可能性很小』是調查了其他可能性之後的結論？」

勒可坐直身子，吸了口氣。「我已經說了，其他可能性很小。檢方也同意我們的調查結果才予以起訴的。」

史岱絲根據從林律師得到的資料，重整了謝利失蹤當天的時間線。

INVESTIGATION TIMELINE	
3:00 PM	謝利經過麥迪遜打工的麵包店到咖啡店上班。根據排班，他當天是下午三點到晚上十點當值，中間五點和八點分別有兩個休息時間。因為是暑假，咖啡店晚上九點關門，謝利要負責關門和之後的收拾清潔和入帳。
4:00 PM	福維爾高中美式足球隊的人到咖啡店，康納也在其中。
4:30 PM	停電
5:00 PM	謝利和康納從咖啡店後門走到後巷抽煙。
5:05 PM	康納回咖啡店內上洗手間。同時間，麥迪遜從店內看到阿雪的 Mini Cooper 駛進後巷。
5:10 PM	康納回到後巷，但不見謝利，反而看到阿雪在後巷走來走去，他問阿雪有沒有見到謝利，但阿雪說沒見過他。康納以為謝利也上洗手間去了，只是和自己擦身錯過，所以沒有太在意而繼續抽煙。
5:15 PM	康納目送阿雪駕車駛離後巷，這時和朋友在大街上的珍娜目擊阿雪的車經過。
5:20 PM	康納抽完煙還不見謝利回來，覺得奇怪而走回咖啡店，但是謝利不在咖啡店內。

所以，從謝利最後被目擊，到他失蹤，其實是發生在康納去上洗手間，到他回去後巷那短短五分鐘內的事。

而在這五分鐘裡，只有阿雪一個人在後巷。

在被警方問話時，阿雪表示當時她在附近的文具店買開學用的東西，因為文具店前面沒有車位，所以她將車停在大街附近的室外停車場。後來因為停電，店內的收銀系統不能操作，所以她沒有買到任何文具。離開時抄捷徑，途中經過後巷時，因為看到幾個漂亮的玻璃瓶被丟棄在那裡，所以拿車後便折返去後巷，但是到達的時候，那些玻璃瓶已不見了。她記得在後巷找瓶子時看到康納，但沒有看到謝利。

時間點上、阿雪的供詞和其他人的吻合。她在文具店的時間也從停電前文具店內監視器的錄像得到證實。唯一不合理的，是阿雪應該是在和康納離開後巷差不多同一時間，駕車到達後巷的，理論上不可能沒有看到謝利。

「假設謝利真的是回店內，而他之後沒有從後門回去後巷，而是經過店面利用前門繞過去的話，那時還在店裡的美式足球隊員不會見不到他。」勒可邊說邊比劃著，「如果他從後巷走到大街上的話，那就會被更多人目擊。不要忘記，那時候發生大停電，很多店鋪內的人都走到街上，看看發生甚麼事。」

這時勒可頓了一頓，「而且，阿雪有一部分證詞我們找不到證據支持，證明她的話不可信。」

勒可指的是阿雪看見玻璃瓶的事。

當時福維爾鎮的垃圾收集日是星期四，也就是案發那天。翻查資料，不論是垃圾車還是回收車，在大街那區的垃圾收集，在中午前已經完成工作，所以下午五點時，後巷不可能還有等待回收的玻璃瓶。

「阿雪無法詳細描繪那些玻璃瓶的樣子，我們查過當天有營業的咖啡店和麵包店，他們賣的瓶裝飲料和阿雪的描述並不像。」勒可聳聳肩，「這不能不令人懷疑，找玻璃瓶是謊話，她根本就是去找謝利。在那短短五鐘內，阿雪讓謝利上了她的車，然後將他帶到某處再殺了他。」

DOC

「阿雪從第一天開始，就堅持找玻璃瓶的『故事』。」畫面切換成林律師。

「作為她的代表律師，我當然鼓勵她要講實話，但我也對她和她母親說，這個理由很牽強，特別是她最後沒有找到瓶子，在法庭上要說服陪審員有難度。但正是那點點的，我是指，例如她不記得玻璃瓶確實的樣子，這才合理不是嗎？這種情況不記得才是正常吧。」

DOC

「如果真的是阿雪說謊，你認為她為甚麼要編這樣的理由？說追貓追兔子不是更容易令人相信嗎？」

史岱絲問勒可。

「哈哈！」勒可擠出少有的笑聲，「我不知道，這你可要問阿雪。」

史岱絲沒有再說話，鏡頭還在拍著勒可，只見他有點尷尬地看著史岱絲。

「哈。」他再乾笑一聲。

真的是一點疑點也沒有？

DOC

史岱絲和製作團隊研究了資料，發現所有對阿雪的目擊證詞，都是來自康納、珍娜和麥迪遜。

麥迪遜在證詞中表示，麵包店下午兩點後一般都沒有甚麼客人，所以兩點後店裡只剩她一人看店。三點前後，麥迪遜在店內整理時，剛好看見謝利從麵包店前面經過，還和他打過招呼。

史岱絲做了實地考查，麵包店的面積大約是咖啡店的一半，其他格局和咖啡店很像，都是有一道後門通到後巷，洗手間也是在地下室。不過店面很小，大部分位置都是被劃作製作麵包的工作檯，前面只有小小的店面。

因為兩點過後就不會再製作麵包，麥迪遜一直都在店面。由於停電，她先去檢查電箱，後來看到其他人都陸續走到大街上，知道是一整區都停電。她確認後面冰箱的門都關好了，再把店裡不需要的電器關掉和拔走插頭。她本來是坐公車回家的，但因交通燈無法運作，鎮上交通亂作一團，她想反正也回不了家，而且美式足球隊的人就在咖啡店，她關門後就過去隔壁。

「那天……有，麥迪遜有過來。」畫面換成康納，他想了一下，「大概……我抽完煙回去後不久，對！因為麥迪遜來了，氣氛一下子炒熱起來。」

「所以就完全忘了謝利的事？」史岱絲問。

「呃，那時候我沒有想過他會出事嘛！他這麼大一個人，我以為他只是有甚麼急事要處理。」

史岱絲想到一個可能性。為了測試這個假設是否可行，史岱絲找了個星期四同樣在下午五點，繞到麵包店的後門，手提包安裝了隱藏鏡頭。

後門沒有鎖，史岱絲輕易的從後門走了進去。

「你是誰？幹甚麼！」衝上來的是麥迪遜。

「沒有沒有，我來買麵包的。我只是將車停在後巷，想看看可不可以從後門進來，不用繞路……」

「鬼信你啊！這裡不做你生意！趕快走！」

史岱絲被趕走時，發現麵包店內有防盜系統，除了門開關時會有聲響外，店後面也有監視器，店後面發生的事，在店面的人看得一清二楚。所以即使店裡只有一個人，也不怕有人從後門潛入。

但是這系統是何時安裝的呢？如果是在謝利的案件之後才安裝呢？

「謝利案件之前，福維爾被認為是治安很好的市鎮。就是那種所謂可以『夜不閉戶』的地方。」史岱絲在鎮上訪問了一些居民。「可是自從謝利的案件之後，加上後來福維爾大學成立，鎮上多了『外來人』，各式各樣的人都有，所以不得不小心一點。」

對福維爾鎮的人來說，不論是阿雪，還是那些從其他城市、國家來的大學生，都是外人。

不過，這也表示，當年麵包店很可能還沒安裝保安系統。

如果當時麵包店沒有閉路電視，且後門沒有上鎖的話，那就並不能排除謝利當時從後門進入麵包店後面的可能性。先不考慮他為甚麼要這樣做，套用勒可的話，物理上謝利在那五分鐘內走進麵包店，而沒有被麥迪遜發現，是可行的。

所以，阿雪用車接走謝利，並不是物理上唯一的可能。

接下來的問題，就是謝利為甚麼要離開後巷？

也許康納可以提供一些關於那天的線索。

DOC

「說起來……那陣子謝利一直很奇怪，」康納說：「那年暑假前，因為大家都覺得球隊的實力到達前所未有的高峰，很有可能拿下省冠軍，所以安排了暑假的額外練習。但是謝利還是有幾天不能出席。呃，因為我們不少人都要打工，所以練習時間都是協調過的。但是有……兩天吧，謝利在練習前一天才說不能來。這……不像他，足球方面，他絕不馬虎的。但他卻突然缺席，他失蹤那天也是……」

史岱絲好不容易從一名舊生那裡，找到當年美式足球隊暑假的練習時間表，並比對了謝利打工的記錄，證實了康納的話。有趣的是，練習時間表差不多都遷就了謝利的打工時間，果然是美式足球隊的王牌球員，待遇完全不同。

不過唯一一天，謝利在練習日也要打工，就是八月十四日那天。

一天？對，各位觀眾你們沒有聽錯，是一天。

「兩天吧，謝利在練習前一天才說不能來。」畫面重播著剛才康納的片段。

那為甚麼康納會記得是兩天呢？究竟是哪一天謝利既沒有參加美式足球隊的練習，也沒有去打工？

「謝利……他是我當教練以來遇過最好的球員。啊……應該是這裡。」這是當年福維爾高中的木工科老師班拿（Bennar），也是美式足球隊的教練。為了找出那一天，史岱絲拜訪了當年的教練，他帶攝製隊來到家中的書房。說是書房，更像是雜物房，裡面疊滿了一個個紙箱，上面都寫有年份。

「二〇〇三年……是這個了。啊，你可以幫我一下嗎？」

史岱絲幫班拿搬下寫著「2003 學年」的紙盒。

「這是美式足球隊的校刊照片，我每年一定會洗一張。」打開鋪滿灰塵的蓋子，他拿出在最上面的照片。是常見的校隊照，可能一直在盒內，照片沒甚麼褪色，彩藍色的球衣反射著陽光，和陽光一樣耀眼的男孩分成兩排，外貌和現在沒有怎樣變的班拿捧著美式足球坐在第一排正中間，後面站著謝利和康納，他們中間正中的位置隔著另一名男生。三人的高度差不多，並排而站露出一樣的微笑，只是中間那人戴著頭巾，留著及肩的黑長髮，在眼眉和耳窩都穿了環，而且還好像畫了眼線，和謝利跟康納那種典型乾淨運動員的形象很不同，倒是比較像龐克樂團的結他手。

「這個人是誰？」史岱絲問。

「啊，那是維特。」

維特・羅施（Victor Rossi）是謝利打工的咖啡店隔壁的遊戲店員工。當時遊戲店賣桌遊、一些例如《魔戒》（*The Lord of the Rings*）的收藏品之類，還經營網咖。謝利就是利用那裡的電腦，在福維爾高中的討論區和阿雪聊天。

「他比謝利大一屆，在謝利之前是出色的四分衛，畢業後由謝利接他的棒，足球隊中數他們三人是最好朋友。」班拿指著照片中的謝利、維特和康納。

「維特啊，是個苦命的孩子，可能這樣他的個性有點偏執，雖然球打得不錯，但和隊友的默契，總是差那一點點，不然在他那屆也有可以打進省賽的實力。」

「這是謝利最後一張美式足球隊合照，因為校刊照是十月拍的，他還沒開學就……」班拿拿出「2004 學年」的盒子，比其他的小很多，取出那年的球隊練習紀錄，上面有那年的校刊照，第一排正中間的位置放了一束鮮花。

「二〇〇三年暑假，是唯一一次暑假有進行加強練習。這是我當時的記錄，你看，都寫了誰出席、練習了甚麼、練習的隊形、每個人的備註……」

「很認真啊。」

「那時大家說要打進省總決賽，打贏區賽就會去多倫多打省賽，甚至可能去渥太華，這些孩子都很興奮，說一定要捧盃。不過竟然……」班拿重重的呼了口氣，並沉默下來。

那年暑假練習的紀錄，八月十四日之後就沒有再寫。史岱絲翻著之前的筆記，終於找到謝利另一天沒有出席的日子。

那是七月十七日。

「謝利那天沒有來？」

「啊，嗯。他前一天打電話給我，說第二天有急事不能出席。」

「他有說是甚麼事嗎？」史岱絲想，也許面對教練，謝利不敢說謊。

「沒有，我也沒問。謝利是個好孩子，對球隊練習也絕不會偷懶。我以為他只是咖啡店臨時不夠人手要他回去。你知道，除了康納不用費心學費，其他孩子都在打工存大學學費，像維特，甚至要拚命打工賺生活費，後來好像也沒有再升學。」

安大略省的大學學費，是全國數一數二的昂貴。二〇〇三至二〇〇四年度平均本科生一個學年的學費接近五千元，還沒計算住宿費用。而當年福維爾鎮家庭除稅後年收入平均數是四萬八千元左右。所以如果不拿學生貸款，在福維爾鎮，家中有人上大學的話，學費就佔了超過家庭收入十分之一，還不算入離家上學的生活費。

「對於謝利因為打工，突然不能出席練習，康納是有點不爽的。」背對著鏡頭，用外套帽子蓋著頭的男人說著，他要求不要入鏡，聲音也經過處理：「康納家有錢，不了解我們要打工存錢的心態。」

「所以那兩天練習完畢後，康納都提議去謝利打工的咖啡店。表面上是探謝利班，我想其實有點想調侃他的意味。」

怎麼說？

「他當著球隊面前，以戲謔的語氣教訓謝利不好好安排時間啦，或是表面上是請客，但故意叫一大堆很複雜的飲料，還指定要謝利弄，然後一邊在旁邊嘲笑他之類。他失蹤那天……就連我們幾個低年級的也看不下去，不過沒有人敢得罪康納，所以也沒有人出聲。」

據他說，本來七月那天練習結束後，康納也是帶著美式足球隊眾人，到謝利打工的咖啡店，但是謝利不在。

「那時不是人人有手機，可以隨時找到人，現在要找人，要不就從他臉書、Instagram 看看他在哪裡打卡，可是那時沒有人知道謝利去了哪裡。說起來，那天除了謝利外，其他人都在大街呢……麥迪遜就如常在麵包店，連珍娜也在大街。好像是她前一天突然患了感冒，一直都沒有好轉，第二天便到大街附近看醫生拿處方藥。那時我還在想幸好謝利不在，不然氣氛會很尷尬。就連本來隔壁星期四公休的遊戲店，維特竟然也在店裡，但好像是因為老闆臨時接到稅局查帳的通知，所以急忙叫維特在公休日回店內幫忙整理資料，他好像也不知道謝利在哪裡。如果不是老闆在，維特會讓我們悄悄到店裡喝啤酒。」男人笑了聲。

遊戲店有酒牌，店內有賣安省一些小型酒廠的手工啤酒。因為有些可以讓店家退貨，維特有時候就會利用這機會請朋友喝酒。

「遊戲店的老闆不是住在鎮上，他好像是住多倫多還是賓頓市[09]……而且還有其他生意，所以店的事都是由維特負責。有時候那些手工啤酒廠懶得來收，幾瓶酒就當是贈品，希望店家更賣力推銷。當時，手工啤酒還很少見，我記得最特別的一種是有楓糖的，你知道那個大酒廠有蜂蜜口味那種啤酒吧？差不多的東西，但楓糖啤酒沒有那麼甜，而且楓糖的味道較特別嘛，那時聽著維特說就覺得似懂非懂的，他還驕傲的說那新產品在安省只有他這家店有賣，總之我們就可以喝到啤酒啦，那時只覺得未成年偷偷喝酒又不用錢很好玩而已。」

「但是那天謝利不在咖啡店，維特也因為老闆在，不能做甚麼，大家也沒了興致。」

「所以八月那次，康納就好像要補回上次的份，一直不讓謝利休息。一口氣叫好幾杯拿鐵和瑪琪朵，過不了多久又說要點沙冰，連謝利要出去抽煙，他也要跟著出去。」

DOC

「那是一派胡言。」康納說。史岱絲把那名不願入鏡的前美式足球隊員片段播給他看。「謝利是我最好的朋友，怎麼說得我好像很討厭他似的？唏！哥兒們都是這樣的啦！我們那樣是友情的表現，他只是不了解我們的相處方式。」

學校離咖啡店所在的大街有四公里，不是徒步可到的距離。而學校的對面，就有一家快餐店，如果練習後要找地方聚會，為甚麼不去快餐店，而要特地開車去大街？

「是的，我是特地去探謝利班。我只是覺得，他無法來練習很可惜，如果可以在打工那麼悶的時候見到球隊夥伴不是很好嗎？我是這樣想的啊！」

但是他說你那時故意刁難謝利？

「那是刁難嗎？這……我想……只是在相熟的店裡有點興奮過頭罷了。這……很正常啊！店裡有熟人，不自覺就把店當成自己的地方……而且那時我們十多人在店內，就好像包場在開私人派對……喂，我當時是付了錢請客的，不像其他人，都要維特或謝利給他們免費東西。」

他說你是追著謝利去後巷的。

「我不知道其他人是這樣看的。」康納嘆了口氣，「那天也是我請客，我覺得在大夥前只叫普通咖啡好像太小器，我便叫那些貴一點的拿鐵呀、瑪琪朵呀、咖啡冰甚麼的，因為那個時候只有謝利一個人在店裡，所以他就一直忙……好不容易做好所有飲料，但竟然停電！他接著又在店內弄這弄那，大概五點左右便跟我們說要去抽根煙。我看整天也沒有怎樣跟他好好說過話，便也跟著去後巷。唏，那時他也是拿我的煙和用我的打火機的，我和他就是不會計較的好兄弟。」

「我們也沒有特別談甚麼啦，你有沒有和朋友抽過煙？誰會特別談甚麼的？有也是聊廢話吧，而且我五分鐘後就回去店內上廁所了。」

阿雪的證詞說她是為了找玻璃瓶而到後巷的。

「沒有，我和謝利出去時，沒有看到玻璃瓶。後巷是一條很短的直路，如果真的有阿雪說的那麼漂亮的玻璃瓶，我不可能沒看到。」

「上完廁所，我回到後巷，沒看到謝利，只看到阿雪在那裡徘徊。我問她有沒有看到謝利，她只是搖頭。我以為謝利也去上廁所，只是剛好和我錯過，所以沒碰上，我再抽了一支煙……那時，我有問阿雪在找甚麼、要不要幫忙，她也只是搖搖頭，之後就開車走了。」

據警方的理論，謝利是在那五分鐘上了阿雪的車。

「……應該是吧，不然那五分鐘他可以去哪裡？我當時看不到阿雪的車裡面啦。如果那時候謝利是在車裡的話……那阿雪在後巷幹甚麼啊？」

你相信謝利和阿雪在暗中交往嗎？

「如果你問我，我是打死也不信的，不過，如果他們不是有私交的話，謝利為甚麼會上了阿雪的車？阿雪不可能用武力令謝利上車啊。」

最後，你知道謝利七月那天缺席練習的原因嗎？

「不知道，他只是說臨時有點事要辦，但沒有詳細說。也許……是和阿雪幽會吧。」

這時康納露出一個奇怪的笑容。是在嘲笑謝利和校內怪人阿雪交往？還是另有所指？

和謝利最親近的班拿教練和康納，也不知道七月十七日那天謝利去了哪裡。

不過還有一個人，他可能知道。

「足球隊中數他們三人是最好朋友。」

DOC

維特從福維爾高中畢業後，就在遊戲店當全職店員，不過在二〇〇六年他搬離了福維爾鎮。史岱絲在臉書找到了他，但是他的臉書最後一次更新已是兩年前，他貼了去演唱會的照片。以碰運氣的心態，史岱絲用臉書即時通寄了簡訊。

等了一個星期，終於等到維特的回覆，確定是本人後，反覆來回傳了幾次簡訊後，他終於答應做電話訪問。

「是的，高中畢業幾年後，我就搬到多倫多，確實的年份我不記得了。因為遊戲店的生意不大好，大家也不再去網咖，反正只有我一個員工，早晚也可能被解僱，便趁這個機會，到多倫多進修，碰碰運氣。」

維特沒有多說是那方面的進修、現在從事甚麼工作和住在哪裡，之前聯絡時也拒絕了史岱絲見面訪問的要求。電話的另一端除了維特的聲音外很安靜，沒有甚麼背景聲音。維特說話的聲音也很陰柔，不像美式足球員。

「那麼久的事，我真的不記得了。我當年應該有被警方問過話吧？我記得差不多整個鎮上的人都有，你可以問警方那邊，我當時怎麼說，就是事實。」

「對，遊戲店星期四公休，直到我離開前都是。所以謝利失蹤那天，遊戲店沒有營業。當時……我應該是在家休息，不用工作的時間我都會在家，看看錄影帶、睡午覺那樣。哈，我放假都不會到處去，特別是大街一帶。」

「為甚麼？」大街是鎮上最熱鬧的地方，年輕人都最愛去那裡。

「我每天都在那裡，休假不想去也很正常吧。而且給那些小鬼們看到，又會想叫我請喝東西，他們都是看到謝利就有樣學樣。但那時我和謝利是好兄弟嘛，你以為我誰都會請客嗎？」

「謝利在咖啡店打工時常常會跑過來，那時候沒有手機上網，也不是人人有手提電腦，要上網只能用家裡的電腦，或是在圖書館呀網咖那些。當時遊戲店有提供上網服務，所以謝利打工的時候常過來上網，我當然沒有收他錢，而且那時店面採用開放式設計，也沒有裝監視器，不怕被老闆發現，我才敢讓他用我的員工帳號——那算是員工福利吧，老闆給了我員工帳號讓我可以免費上網，直到警察找上門，我才知道他原來在我店內用我的帳號把妹……後來當然被老闆罵了一頓。」

根據資料，警方在阿雪的電腦找到福維爾高中的討論板「涼介」和「玲乃」的互動，從「涼介」帳號的登記得知，那是謝利開設的，不過在謝利的電腦找不到任何紀錄，最後靠追蹤IP才追到遊戲店的網咖，維特證實了謝利常常去遊戲店上網。

「高中時我和謝利、康納他們的確是很要好的朋友，他們第九班一入學就來參加美式足球隊，一開始我被派指導他們，也就是那時開始成為好朋友的。當時大家都很稚嫩，只有十五、六歲，那時生活很簡單嘛，只有上學、打工、足球，不會被其他的事左右我們決定和誰交朋友。」

「有人不喜歡你們做朋友嗎？」史岱絲問。

「你應該到過福維爾採訪吧？」維特嗤笑一聲，「鎮上的人們……怎麼說呢……他們就像電視劇中那種純樸小鎮美滿生活的……典型的幸福家庭那種——至少他們認為是那樣。我一點也沒有誇大，那是他們拚了命去維繫的生活。也因為這樣，任何阻礙他們過那種理想生活的，都會讓他們覺得刺眼。」

「你有讓他們刺眼嗎？」

「可能吧。我家是單親家庭，媽媽雖然是鎮上的人，不過她好像高中還沒畢業便離開了，在我……

小學的時候才回到鎮上，正確來說，是把我安頓在鎮上，一直以來，她都到處打工，有時候離開幾天，有時候長達幾個星期。你想那些幸福家庭，看到我這個沒有父母帶著的小孩，獨自在街上遊蕩，會有甚麼感覺？從小到大，我也習慣聽那些閒言閒語了。」

「但你還是跟謝利和康納成為朋友。」

「他們……對我很友善，康納家裡很有錢，常常會請我吃飯，雖然是有點少爺脾氣，但沒有惡意。不過那時我不敢和康納走得太近，怕別人說我是為了揩油。所以相對之下，和謝利比較常在一起，我想謝利其實也是一樣，對康納有點顧忌，不過我們在一起很自在，那時他……讓我忘了自己是會讓人刺眼的人。但是畢業後要想的事情多了，啊，你知道『雙畢業年』嗎？我就是受影響的畢業生，雖然以我的成績要升學已經很勉強……遇上了『雙畢業年』更令我打消升學的念頭。而且那時我家裡又有點狀況，哈，正確來說，我媽跟新認識的男人跑了，所以我得靠自己賺錢養活自己，又要為未來打算……總之就多了很多事情要想。但是謝利還在學，所以後來除了他去咖啡店打工會碰面外，其實也很少見面，更別說知道他的私生活了，這些……我想康納會更清楚……嗯，我搬到多倫多後，就沒有和福維爾鎮上的人聯繫了。」

「雙畢業年」（Double Cohort）是形容二〇〇三年安省有兩倍的高中生同時畢業，一九九八年當時的保守黨省政府採納了委員會的建議取消第十三班，當時進高中的第九班學生，也就是二〇〇三年的十三班畢業生，是最後一年舊高中學制的畢業生。而後一年進高中、也就是維特那年，則是首批新高中學制，在二〇〇三年高中十二班畢業的學生。因此變成二〇〇三年同時有雙倍高中生畢業，使得當年進大學的競爭非常激烈。

掛線前，維特還特地問史岱絲會不會去採訪謝利的家人。

「如果會的話，請代我問候他們。」

謝利在那五分鐘內彷彿是憑空消失在後巷，由於阿雪當時在現場，所以警方認為謝利當時是上了阿雪的車。史岱絲把調查到的資料，佐證謝利從後門進入麵包店的可能性，分別展示給當時的檢察官戴斯（Desi）和林律師。

「首先，除非是特殊情況，否則一般檢控方面是不會介入警方的調查工作，我的責任是判斷是否有足夠證據進行起訴。在實行《普通法》的國家——例如我們所在的加拿大——我們檢方的責任是舉證，而辯方則可以提出疑點。這是刑事案件，定罪是陪審團需要在對控方的證據在合理情況下沒有任何可以出現的疑點，也就是你們在法庭劇常聽到的所謂『超越合理懷疑』，且一致通過被告有罪，才能做出有罪的決定。」

戴斯檢察官針對刑事案審訊，先是給了非常官腔的答覆。簡單來說，就是調查是警方的事。

那檢察方面會不會因為懷疑警方的證據，而要求繼續調查？

「當然，我也說，我們是研究過警方的證據，才決定要不要起訴。」

謝利這個情況算不算有疑點？因為上了阿雪的車看來並不是唯一的可能。

「這個……」戴斯乾咳了一聲，「因為案件已經是很久以前的事，而且我們不能只看單一個點，要考慮整體的證據，和那些證據支持的事實。這可以反映在陪審團一致通過的有罪裁決，可不要忘了，這是十二個人，在無『合理懷疑』下一致通過的。而且，辯方也沒有提出這個『疑點』，這難道不是意味著，辯方也認為這沒有甚麼問題而沒有需要提出嗎？」

「關於謝利進入麵包店的可能性，當時是有考慮過。」林律師說：「可是最後在法庭上並沒有提出來。因為回到之前所說，我們並不想傳召麥迪遜作證——我們沒有信心她在庭上所說的會對我們有利。因為如果我們提出謝利可能進入麵包店，即使我們不傳召，控方也一定會傳召麥迪遜，說明謝利有沒有可能在她不知情的情況下進來。」

所以，因為法庭控辯的技術性考量，一項應該提供給陪審員考慮的資訊被排除在外了。

兩集下來，各位也看到，不論是死者的為人，還是案發當日的時間線，都存在著不少應該被考慮但卻被忽略了的疑點。請密切留意下一集，我們會帶來一位重量級專家，為大家挖掘這案件中更多不為人知的疑團！

YouTube ▶ 格蘭頻道 | 第❷集 | 觀看次數：9721次 | 首播日期：2019年8月10日 | 👍4322 | 👎301 | ➦ | ≡+

2.2 格蘭 YOUTUBE 頻道——回應《不白之冤》| GLEN'S YOUTUBE CHANNEL

第二集 | #2 | 訂閱🔔

《雷拿夫婦的聲明》

十三年前，我們最珍貴的謝利，一個年輕、本應擁有未來、希望和無限可能性的生命，突然被截短了。可幸的是，警方迅速偵破案件，使兇手能為所犯的罪負責。我們一家，需要放下傷痛繼續向前行，將謝利留在回憶裡面。我們相信，那位女孩也需要寧靜的環境，好好思考自己的過錯。謝利、我們一家、福維爾鎮上的各人、還有那位正在服刑的女孩，並不是大眾茶餘飯後的話題，我們並不是一套連續劇，所以我們懇請各位，給我們留下能靜靜哀悼和懷念謝利的空間，讓謝利得到真正的安息。謝謝。

***

各位好，又是我格蘭，就是電視所謂「紀錄片」《不白之冤》裡那凶殺案中的死者謝利的弟弟。如果你不知道我在談甚麼，請先看我的影片頻道中有關回應《不白之冤》這個系列的第一集，和電視正在播放的《不白之冤》，我想……電視台的網站有重播……總之如果你不先看的話，你是不會明白我將要說的話。

剛才你們看到的片段，是我父母發的聲明。對，拍攝和發布的是我。他們不想煞有介事的開記者會，又不想麻煩到鎮上的人，我提議在臉書發文，但是他們老一輩覺得那不夠認真，想看起來嚴肅些而不是隨便的在社交媒體上發文，所以我用手機拍了這段影片，然後寄給報導過謝利案件的媒體——當然也包括製作《不白之冤》的電視台。

自從《不白之冤》播出了第二集後，它漸漸變成了話題電視影集，網上陸陸續續出現不少討論，甚至有人慕名來鎮上看看，彷彿因為凶案，鎮上變成一處觀光景點。這實在是對鎮上居民、包括我們家，造成很大的騷擾。

不過，第二集播出後，鎮上的氣氛變奇怪了。雖然大家都說沒有看沒有看，其實根本他們每個人都有看。

而且，他們也好像相信了節目所說的。

而且我也看到了，他們對康納的態度，明顯不同。星期六早上我經過大街上的家庭餐廳，康納不在那裡，反而是服務生看到我跑出來問東問西。後來我看到康納在車上喝咖啡等女兒下課，他一定是不想面對鎮上的人吧。《不白之冤》作為電視節目，當然不能明示，但從節目的訪問安排、剪接等等，都可以看出他們在暗示：康納有問題——當年他不爽謝利臨時缺席練習，故意到謝利打工的咖啡店想戲弄他，最重要是，他連謝利去後巷抽煙也要跟著去。

所以謝利失蹤前最後見過他的人就是康納。

要不是《不白之冤》這個節目，我也不會特別想去回憶，那天謝利出門前是怎樣的。正如很多人都說，他或她永遠都會記得，美國「九一一事件」[10]發生時自己在做甚麼，因為當發生重大事件時，即使是再微不足道的事，也頓時變成難忘的記憶。

「九一一事件」那天，我當然沒有記憶，畢竟那時我只有四歲。就連謝利出事那天，無論我怎樣想，也想不起那天有甚麼特別。那時幼稚園在放暑假，所以當時爸爸、媽媽和謝利是輪流在家照顧我的，對，因為那天謝利下午要去打工，所以媽媽中午就回來了，我記得媽媽給我們做了午餐。對，午餐是我們三人一起吃的。我有印象，暑假中曾經跟著謝利回學校練習，他帶過我回學校，而且不止一次，我記得在球場旁邊的樹蔭下看美式足球隊的大哥哥，旁邊還有個漂亮姊姊——應該是球隊的經理吧，她還帶我到學校裡面，買了販賣機的汽水給我喝。

但是我真的想不起，謝利離家那天的情景。我是在房間中玩嗎？所以沒有目送他出門？還是在午睡？啊，我倒是記得，停電後媽媽帶我到附近的便利店買冰，她怕冰箱裡的東西會變壞。如果我們不是到家附近的便利店，而是到大街那邊的超市的話，謝利的命運會不會不同？如果是到大街的話，我們應該會順道去找謝利吧。

要不是因為《不白之冤》，我也不會這樣努力去回想。十六年來，所有人——包括我爸媽——都是說，謝利那天去打工，停電後被阿雪載走，殺死後棄屍。可是當中的細節，沒有人提，也沒有人去深究。

如果，警方真的是遺漏了甚麼細節呢？那些細節，會不會可以解釋為甚麼阿雪一直不肯認罪？

我還是控制不了自己，我不停回想，那天謝利有沒有說過甚麼？有沒有甚麼不尋常的舉動？

我實在想不起來。

因為這事太困擾我，所以我做了一件現在有點後悔的事：我問了媽媽。

那天她在家，如果謝利有說過甚麼、做過甚麼的話，她一定會記得。畢竟，那天就是她的「九一一事件」。她的世界，就在那天崩壞了。

可是她只說，那天謝利並沒有甚麼異常舉動，午餐之後他就出門了。然後她問我，為甚麼突然問這個。

她當然知道我是因為看了《不白之冤》，但我甚麼也沒有說。

「會有甚麼特別事情？謝利又怎會想到，只不過是去打工，會被那女孩殺了呢？」

媽媽一直都是叫阿雪做「那女孩」。

然而她這樣說，讓我猛然想到，對啊，謝利是在毫無預警下，被阿雪騙上車然後殺掉。

我這樣努力想要找出那天謝利有甚麼異常舉動，難道我也覺得事件另有內情？

……應該是。因為，為了求證《不白之冤》提到的可能性，我親身去了一次現場，為了可以解釋得清楚一點，這是大街的衛星地圖。

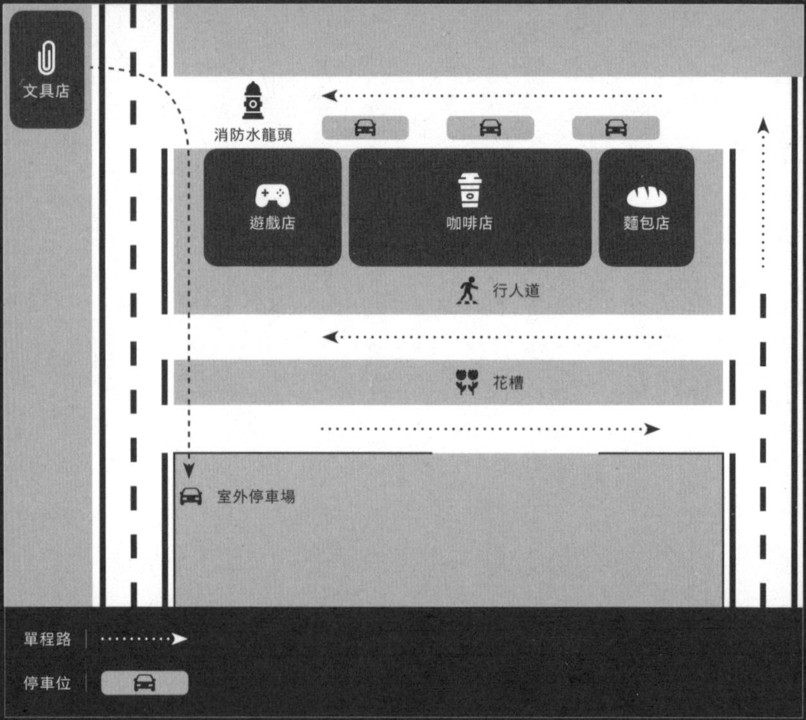
文具店
消防水龍頭
遊戲店
咖啡店
麵包店
行人道
花槽
室外停車場
單程路
停車位

不要誤會，我、我不是要像電視台一樣，要為阿雪平反甚麼的，只是好奇實際情況是不是真如電視台說的，只有五分鐘？

阿雪說那天她去了文具店，她把她的 Mini Cooper 停在大街的室外停車場——即是圖中左下角位置。然後她從文具店回去停車場的話，最快捷的路就是如圖上的箭頭這樣走過遊戲店旁邊的行人路，那就會路經後巷。如果當時後巷真的有玻璃瓶的話，位置上是有可能看見的，遊戲店後門外面剛好有消防水龍頭，所以不能停車，視野非常好。

我在後巷視察時，那裡有不少煙蒂，可見即使到今天，這幾家店的人都喜歡在這裡抽煙。

阿雪說她第一次經過後巷去停車場那一刻，沒有看到謝利和康納，如果連地上有玻璃瓶都看到了，沒理由沒看到活生生的人，不要忘記，那可是身高超過六呎的美式足球員。那只有兩個可能性：一、阿雪在說謊，她根本沒有看到玻璃瓶，那只是她為了合理化去後巷的而編的藉口；二、她沒有說謊，只是她剛好和謝利他們錯過了，謝利和康納是在她經過後才出來抽煙的。

我決定先相信阿雪說的，假設時間上真的那麼湊巧。

之後阿雪到停車場取車，因為大街馬路中間有分隔的花槽，所以她開車駛到出入口時，出了停車場後只能右轉，再從盡頭的路口左轉再左轉進後巷，補充一下，後巷是單程路，但是停車位在左邊。因為麵包店側面那是玻璃窗，所以她應該就是在轉彎時被麥迪遜目擊，因為那條路只能是去後巷，所以不存在麥迪遜以為阿雪是去後巷、但其實她是駛往別處的問題。

而在阿雪駕車回到後巷前，康納留下謝利，獨自回到店內上廁所。

阿雪的證詞是，她開車回到後巷後，瓶子不見了，她便下車在後巷找了一下，這時康納出來，並和她講過話。

但是檢方的理論是，阿雪說謊，她回到後巷時，康納剛回到咖啡店內，那時謝利還在後巷，她就是趁那時把謝利誘騙上她的車。

不過《不白之冤》猜測，如果阿雪說的是真話，那麼謝利在那段時間，有可能躲到麥迪遜打工的麵包店。因為麵包店只有麥迪遜一個人，謝利可以神不知鬼不覺，躲在麵包店後面的工作檯……躲個屁。

這是我在麵包店後門拍到的照片。留意鎖頭和門的樣子，看到吧！後門是這種鐵門，是朝內推、有一把杆子按下來開門的，就像體育館那種。這種門，不論怎樣放輕動作，門關上時都會發出不小的聲響。所以麥迪遜真的可能沒有察覺嗎？那是她幾乎每天都在的地方，對環境那麼熟悉的話，一點不尋常的聲音也會很敏感吧。

還是……麥迪遜是知道謝利進來了，只是不作聲？或是她是故意讓謝利進去的？

不過為甚麼麥她要這樣做？他們不是沒有男女關係的嗎？讓謝利躲在麵包店，是為了甚麼？

如果真的是麥迪遜讓謝利躲進麵包店，那……她的目的是甚麼？為甚麼要隱瞞？

讓我們先將這想法擱在一邊，因為我想提出並研究全部的可能性，這樣才能找到真相。其實還有一

麵包店後門

個可能，電視台完全沒有考慮到。

就是如康納當年所想的，謝利回到咖啡店。

這些年來咖啡店除了店內裝潢外，結構上都沒有改動過，廁所和儲物室在地下室，而通往地下室的樓梯，就在後門旁邊。當時康納回到咖啡店上廁所，假如謝利緊隨著他也去了地下室，但他沒有去廁所而是躲在儲物室，確定康納在後巷抽完煙回到店內後，再從後門離開咖啡店呢？

問題是，雖然「物理上」可行，但是並不能解釋，謝利為甚麼要這樣做。

你可能會說，這不是洗脫了阿雪的嫌疑嗎？

哈，當然不是。

沒錯，如果真相真的是這樣的話，那當康納目擊阿雪在後巷的時間，即是五點十分到五點十五分那段時間，甚至推演到五點零五分到十五分那十分鐘內，謝利在咖啡店的地下室，不可能上了阿雪的車。但是，也不能證明阿雪事後沒有再回去後巷。

阿雪說之後就直接開車回家，但是並沒有其他人證。康納回到咖啡店後，麥迪遜也跟著過去咖啡店和美式足球隊的人一塊，所以如果阿雪再開車從同一條路回後巷，麥迪遜是無法從麵包店看到的。珍娜也一樣，她只是在大街上目擊阿雪的車離開後巷，她並不是「守著」後巷的出口，所以並不能證明阿雪沒有在稍後的時間再駛回來和離開。

對了，咖啡店旁邊的遊戲店已經在很多年前結業，現在是電訊商的特許經營門市，也賣一些手機配件等等。

謝利失蹤那天是星期四，遊戲店公休。我常常想，如果那天遊戲店有營業，或是維特在的話，整件事說不定會改寫。

我肯定，如果維特在遊戲店，謝利一定會去維特那裡。看完《不白之冤》後，我想起了很多小時候記憶中維特和謝利的事。

你在電視也看到了，即使是穿著球衣，也掩飾不住維特前衛的打扮，他雖然是意大利裔，但髮色也不致深成那個樣子的，應該是故意染黑的。另外他眼眉和耳窩都穿環，對當時只有六歲、身邊都是謝利珍娜那種「乾淨」的乖學生的我來說，維特當然是個特別的人。

案件完結後，有一次，爸爸帶了我去遊戲店。我想當時他並沒有告訴媽媽，因為我們是先去了五金店，再「順道」去的。

爸爸和維特談了一陣子，維特帶爸爸坐在一部電腦前，爸爸並沒有用那電腦做甚麼，他只是摸摸鍵盤，然後用衣袖擦了眼。

長大後，我明白那時爸爸是想看看維特說謝利在店內上網的電腦，他坐在謝利曾經坐過的座位，撫著謝利敲打過的鍵盤，在他握著滑鼠的時候，是不是想像著謝利又大又溫暖的手？他不敢和媽媽來，一定是怕媽媽受不了吧，而我那時還不懂事，他……在謝利離開後，悄悄追蹤他不知道的謝利的腳步。爸爸當時一定也受了不少打擊，自己的兒子有他不知曉的一面，但作為一家之主，他，卻不得不撐下去……

呃，對不起……

我想，當時他也有點嚇一跳吧，即使是白天，遊戲店也是昏昏暗暗的，當時有另一名客人在打電動，店內也播放著嘈雜的重金屬音樂，那也是我第一次到遊戲店。

但那並不是我第一次見到維特。

其實比起康納，當時六歲的我，已察覺謝利和維特是比較親近的。

對，外型上，謝利和康納比較像。但不是說，人總是會被和自己相反的人吸引嗎？對謝利來說，維特也許就是這樣的一個人。你從《不白之冤》也聽說了，維特的家庭背景有點複雜，他母親是這裡人，沒有結婚卻帶著維特回到鎮上，這種情況本來就會惹來閒言閒語，而且維特長大一點後，他媽媽就好像常常不在家，後來也好像不再回來了，鎮上的人都說她找到男人，就丟下維特跑了。連維特在訪問中也這樣說，我不知道實情真的是那樣，還是他也相信了鎮上的人所說的？本來維特靠打球的成績，拿些補助上社區學院還能勉強支撐，但是如他在電視台的電話訪問說，當年他遇上「雙畢業年」，母親又跑了，維特只得靠自己生活下去，要付房租等等，所以他高中畢業後就沒有升學，在遊戲店當起全職員工。不過他在鎮上的人緣不錯，因為以前是美式足球隊，當時有不少還在鎮上的球隊舊生會去捧場，周末在那裡喝酒等等。而且他也有點生意頭腦，當時就是他開始賣獨立小型釀酒廠的手工啤酒的，他也對遊戲玩具等收藏品很有眼光，替老闆賺了不少，自己也賺到一點分紅。

不過大概因為他的外表，加上家庭背景，謝利不大敢讓別人知道他們其實是要好的朋友。

我會這樣想，是因為有好幾次，謝利在爸媽不在時，帶維特來過我們家玩。謝利會給我巧克力，叫我不能對爸媽說維特來過。其實維特也不是壞人，他來玩的時候，也只是帶些龐克或是重金屬樂團的CD來聽，哈哈，好像還有看那些日本A片和色情動畫，和在後院抽抽煙，對啊！就抽煙而已，連大麻也沒有抽！根本就可以拿好學生獎牌了吧。

我不知道謝利是不是如維特所說，因為不敢和有錢的康納親近才和維特要好，我反而覺得，已經全職工作的「大人」維特，對謝利來說，自然比乖孩子康納有趣、吸引人得多。如果我是謝利，也會覺得康納是典型有錢中產家庭的孩子，雖然《不白之冤》裡說的有點誇張，但其實和我所理解的康納為人也差不多，我完全可以想像到他特地去咖啡店，只是為了戲弄謝利——也許他沒有惡意，只是覺得好玩。但即使是明星四分衛謝利，也會有點忌諱康納吧。反而對維特，會有一點點崇拜的感覺——起碼我小時候也是。

我說過，我們家是去麥迪遜打工的麵包店買麵包的，小時候每次我也會趁媽媽和麵包店的阿姨聊天時跑到遊戲店外面，看櫥窗內的玩具收藏品，偶爾維特在店內看到我，會和我打招呼，我就會很高興，因為我是打從心裡覺得維特很酷。我想，如果維特一直留在鎮上的話，我升上高中後，一定會常常去找他，他也許會代替謝利成為我的「哥哥」。

不過，除此以外，我很少在鎮上碰到維特，而且記憶中他即使在店裡，也好像沒有和其他客人或是隔壁店的人有很多交集，總是一個人在前檯。他跟小時候的我打招呼時，也只是很酷的揮一揮手，對！

所以我才覺得他酷，因為其他大人當時都當我是小屁孩，用那種哄小孩的語調跟我說話，維特就不同了，即使是謝利生前他來我家時也是那樣，都是用一樣的語氣跟我說話，所以我很喜歡他。

可能因為訪問時間太短的關係，有一件事，維特並沒有提到，我也是後來才想起——有一次我在謝利的書包找到一件新的T恤，謝利要我保守秘密，後來維特來玩，我才知道原來那是維特喜歡的龐克樂團演唱會紀念T恤，因為維特買不到票，當天是平日他要打工走不開，謝利是特意蹺了下午的課，當天來回多倫多去幫維特買回來的。而印象中我沒有看過謝利為康納做任何事。現在回想，那可能是謝利出於對維特的崇拜，也可能是他當維特是特別的好兄弟，不過從他一直要我保守秘密，可以猜到，謝利並不願其他人知道他們那麼親近，在謝利眼中，康納那些是「給外人看的朋友」，是「明星球員」身邊一定要有的那種朋友。

後來去網咖的人漸漸減少，大概……在我小學三年級的時候，也就是二〇〇六年，遊戲店老闆對店面進行了大裝修，地板換了新的，牆壁也重新刷了明亮的顏色，不過好像沒有甚麼作用，而且在裝修完成沒多久後，維特就辭職不幹，搬去了多倫多了。

我是在他離開了一個星期後才知道的，當時好像也受了點打擊，但是在爸媽面前不敢表現出來。謝利走的時候，媽媽好像因為不知道原來謝利和維特那麼熟稔，而有點不高興，即使那時我還小，但我還是可以感受到的，所以後來知道維特離開了福維爾，我也不敢在他們面前表現出我的哀傷。

維特離開了福維爾後，我又再次失去了「哥哥」的投射對象。而且自從謝利死了以後，家裡再也沒有人在我面前提起他，除了姨媽。她是家庭主婦，住在福維爾外圍一點的社區，謝利不在後，學校放假時的白天，我都會去她家，晚上媽媽下班後再來接我。所以我從小就常常聽她說謝利和爸媽的事。

聽姨媽說，我父母一直想有個女兒，當知道我是兒子時，不免有點失望。可是在我的成長過程中，我從來都沒有半刻感到我是個不想被生下來的兒子。姨媽說話一向口無遮攔，習慣了之後我也沒有放在心上。

「真是冥冥中有安排。」大概是五年級或是六年級那年春假，媽媽來姨媽家接我的時候，她們坐下來喝咖啡。我在吃點心時，她盯著我的臉說：「格蘭你愈來愈像你哥了……幸好當時還生了個兒子……」她說著，然後好像突然察覺自己說錯話，趕快說了甚麼人老了亂說話，還叫我不要在意。

我知道她在說我是謝利的替身。

其實有這種想法的，應該不只姨媽一個人吧。不過沒有人像她那樣說出來，從六歲到十七歲，我隱約有種感覺，我好像是以謝利替身的身分活著，從姨媽看我的眼神，到當別人說我「像謝利」時，爸媽那欣慰的表情，都令我想繼續做雷拿家那有活力、功課好、乖巧、受人歡迎的兒子。

你也許會說，不要把自己說得像悲劇主角似的，命是自己的，要怎樣活是我的自由。如果你真的這樣想的話，我真希望你能看到我媽放假時哪裡也不去，只待在謝利房間裡默默流淚的模樣。

我不是沒有自由意志，只是一路走來，我學會了這樣才是讓所有人最舒服的生活方式。如果這樣可以讓媽媽不哭的話，我願意做任何事。我一定要告訴你，我媽媽笑的時候是很漂亮的。

當然我也沒有完全變成謝利的翻版，謝利小學已經深深愛上美式足球，而我雖然也喜愛各種運動，但並沒有特別喜愛或是擅長的。我的運動神經不差，學每一種運動都很快上手，但就是沒有到可以考進校隊的程度，就只是體育課的分數比平均好一點。

我沒有謝利的身高，而且你也看到，我好像怎樣鍛練，也沒有練成像樣的肌肉，大概我的骨架像媽媽吧。

不過我的腦袋一定比謝利好。三年級時，學校的評估評定我的智商可以入讀「天才班」。而且當時和我一起玩的朋友，也都一起讀了，那時我才知道，原來我是頭腦好的那一夥人。可能因為我們也會一起去體育館打籃球，所以並沒有被標籤成「書呆子」，不過我沒有像謝利高中時那樣，身邊總是簇擁著一群人。也因為我唸書成績好，爸媽也沒有很在意我沒有加入任何一隊運動校隊。

所以當我過了十七歲生日之後，雖然聽來可能有點涼薄，但我有種重拾自由的感覺。因為再沒有從前謝利走過的路可以比較。當然，我還是雷拿家那有活力、功課好、乖巧、受人歡迎的兒子。而媽媽和爸爸也沒有像電影那樣，煞有介事的對我說：「你不再是謝利的替身了，去找尋你作為格蘭的人生吧！」

一切就是很自然的發生，我開始了自己做決定，我考上了福維爾大學的數學系。錢是最重要的考量，到福維爾大學的話，就可以住在家裡，可以省很多錢，而且我申請到一筆不錯的獎學金。那時因為我還沒有真正想唸的學系，與其去多倫多上大學邊花大錢邊想，不如留在家先唸一個本科學位再打算。

「如果謝利還在，他也會做同樣的決定嗎？」這是那時我問自己的問題。

現在，我反而會問，哪個才是真正的謝利？真正的謝利會做怎樣的決定？他真的是我們知道那個有活力、功課好、乖巧、受人歡迎的明星？還是也只是一個在意別人怎樣看自己、會有愚蠢秘密的普通高中生？

不要誤會，我不是電視台，懷疑起阿雪不是真兇，我只是覺得，除了阿雪殺死謝利這個事實外，我們對其他細節一無所知，就像我之前的影片講的，阿雪真的是情殺嗎？謝利會甘心自己這樣死得不明不白嗎？

而且自從第二集《不白之冤》播出後，那「問題的五分鐘」一直困擾著我。我不是相信電視台說的，只是……他們說的，好像又有點道理。

我想更了解當天的詳細情況，對，只有那樣才能更明確反駁電視台提出的所謂「疑點」。而能幫助我的，只有當時在場的康納，可是我上個星期才找過他，現在又去找他好像不太好，正當我在煩惱的時候，他卻上門來找我們，正確來說，應該是找爸媽。

他說，他和律師討論過，希望可以申請法庭禁制令甚麼的，讓電視台不要再播出《不白之冤》餘下的集數。但是律師說由於他是自願受訪，電視台有理由說剪輯是節目製作需要，除非他想直接告電視台誹謗，但照目前的情況來看，應無法阻止節目的播出，要是電視台的律師會跟他慢慢耗，那只是浪費金錢。不過律師建議他可以考慮發律師信，作為警告和表態。

他問爸媽想不想一起發這律師信，費用他會負責，但名義上爸媽需要簽委託書給那律師，但上面會註明費用是康納全數負責。

爸媽婉拒了，他們說既然已經發布了那聲明影片，不想再多做甚麼——我也覺得是。我總覺得，康納不是真的想幫爸媽，而是想用爸媽死者家屬的身分，增加自己的公信力——「**看，死者父母也站在我這邊**」之類的。

我拉了他到院子抽煙，他突然說我抽煙的動作和謝利一點也不像。當然啦，那時我只有六歲，對謝利抽煙的姿勢根本沒有多大印象，他和維特在後院抽煙時也不讓我走近。

我問他當天的情況，我說，只有挖到最細的細節，才可以擊破電視台的胡謅。沒想到他竟然問我是不是又要放到我 YouTube 的網上頻道，原來他竟然有看。出乎意外地，他竟然很雀躍的說不要只是錄音，乾脆好好的拍影片。

「**我才不是康納，已經這個年紀了還要出風頭。**」其實麥迪遜也真了解康納。

由於當天的情況大致和電視台說的都一樣，所以我只針對電視台沒有問的細節。

「謝利去抽煙時，資料說你是追出去的。你是怎樣發現謝利要出去抽煙的？」

「唔……那時我坐在咖啡店吧檯的位置，看到謝利從咖啡店的吧檯後面出來，朝後門那邊走去。那時我以為他要去廁所，但看到他是走向後門，我便追上去，問他要去哪裡。他說要去抽根煙，我便說：『那我也來。』便跟著他出去了。之後我們在後巷，我從口袋拿出我的煙，呀，謝利順手從裡面也拿了一根，我也幫他點煙。」

「所以你說謝利的煙和用的打火機都是你的。」
康納點頭。
換句話說，包括我在內，一直以來大家都以為當時謝利就像是在晚餐派對中，離席時說著「我出去抽根煙」那種情況。但實情是，如果不是被康納看到，根本沒有人知道謝利要去後巷。
而且，謝利抽的煙和用的打火機，還是康納的。
所以很有可能，謝利去後巷根本不是要去抽煙，只是因為剛巧給康納看到，才用去抽煙當藉口，然而沒想到康納也跟來了。所以當康納回去店內上廁所時，謝利就偷偷溜走了，去進行他本來要去後巷做的事。
如果是這樣，謝利自願上阿雪的車的理論，不就成立了嗎？
聽到我這樣說，康納好像露出興奮的神情。
「對啊對啊，那時我會跟著去後巷，也只是臨時起意的結果。」
「你回到後巷時，看到阿雪在找瓶子，但沒看到康納在車上嗎？」
「沒有，唔……因為當時阿雪在遊戲店後門外面附近，但是阿雪的車是停在麵包店那邊，所以我看不到她的車裡面。」
「所以她把車停在麵包店後門外面的車位，但人卻是在遊戲店那邊？」
「嗯，因為咖啡店和遊戲店之間的車位都停滿了車，另外遊戲店外面有消防水龍頭不能停車嘛，剛巧只剩下麵包店那邊有車位吧，那時是暑假，大街都是人。」

「那謝利會不會在自己的車上，打個盹或是甚麼的，那時不是停電嗎？他會不會跑到車上開冷氣啊？」

「不會啦，當時謝利的車在大街以南的室外停車場，我記得很清楚，因為後來我們去找謝利，美式足球隊中有人在停車場看到謝利的車還在，所以大家才覺得奇怪，他沒有把車開走，理應不會走得很遠。」

「你再想清楚，當時後巷還有甚麼，有沒有其他甚麼奇怪的東西？」

「我怎會記得啊？」

康納有點生氣，我也能理解的，十六年前那只有五分鐘的一瞬間，誰會想到每個細節都那麼重要？

不過康納的證詞帶出一個問題，如果如他所說，當時謝利是將車停在大街以南的室外停車場的話，為甚麼那天麥迪遜會看到謝利經過麵包店前去咖啡店上班？如果大家記得我展示過的地圖，就會知道他可以從停車場直接走過花槽到咖啡店，並不會經過麵包店呀。從地理位置來看，如果要給麵包店中的麥迪遜目擊，那他只能是從後巷走出來，那為甚麼不直接從咖啡店的後門進去？謝利那樣做，會不會就是因為他去打工前曾到過哪裡了？而且既然謝利那天有開車，為何會上阿雪的車？阿雪用了甚麼方法把謝利騙上車？

如果在康納回到後巷時，謝利真的是在阿雪的車上，那為甚麼阿雪不盡快駛離現場，還要「裝」在找瓶子？

還是……

除非，阿雪沒有說謊，她真的是去找瓶子，那她和謝利並沒有約好，她真的只是剛巧在那裡。

如果真的是這樣的話，那謝利去後巷真正的理由是甚麼？

2.3 推論筆記 | MAKING INFERENCE

#2

重返現場

- ◉ | **重返現場——查案不可不知道的「動線」！**
- ◉ | **嘗試畫下謝利以及各有可能涉案人士的「動線」，或會發現新線索！**

推論

- ● | 按「動線」推論，有頭緒了嗎？
  - ☐ 仍不肯定
    [請繼續看故事發展吧！]
  - ☐ 真兇就是：________________
    [確定嗎？如未敢肯定，不如繼續看故事發展？]

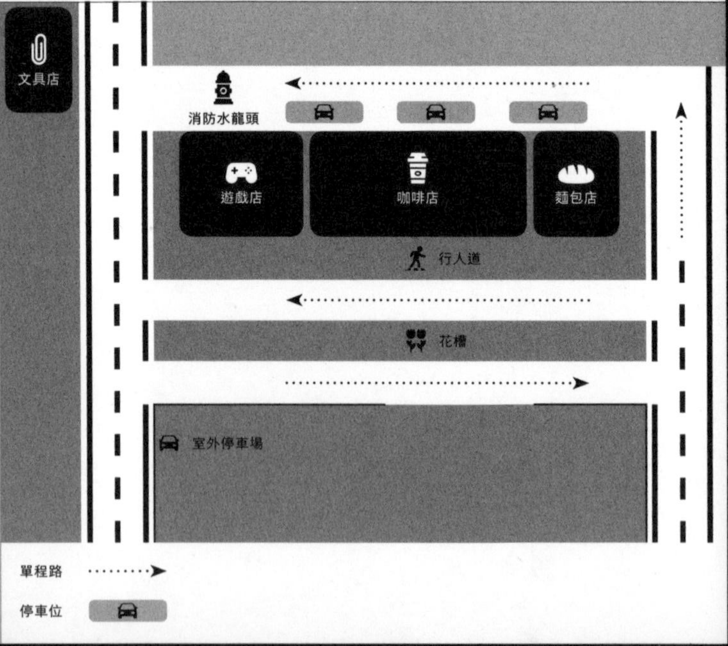

003

WHERE

3.1 《不白之冤》紀錄片 第三集

3.2 格蘭 YOUTUBE 頻道 回應《不白之冤》第三集

3.3 推論筆記 #3

從農舍外一直到死者躺著的地點，地上有死者鞋跟的拖痕……

3.1 《不白之冤》紀録片 | DOCUMENTARY WHITE LIES

第三集 | EPISODE #3

以下節目受訪者言論純屬個人意見，並不代表本台立場。

和不少加拿大郊外地區小鎮一樣，福維爾附近以前也有不少農場，後來因為人口老化無人繼承、土地發展、農作物經濟效益不佳等種種原因，不少從前從事農業的人員都轉了行，所以廢棄農舍並不稀奇。

距離福維爾以東十多公里，就有一個這樣的廢棄農舍。

那裡也是謝利的屍體被發現的地點。

八月十四日的黃昏，在咖啡店的美式足球員開始陸續準備回家，由於謝利的車仍停在停車場，但是不見他的蹤影，大家意識到謝利失蹤了。

「一開始並沒覺得他失蹤了，只是怕他遇上甚麼意外。」不願入鏡的前美式足球隊員說：「例如去廁所時意外滾下樓梯失去意識，或是被困在儲物室之類，所以我們那時是先在咖啡店裡找，但是都找不到他。」

後來有人提出謝利會不會碰到有人遇到困難，為了協助，和那人去了別處。畢竟那時鎮上因為停電亂作一團，而謝利在其他人眼中又是樂於助人的乖孩子。

直到那天一整晚他都沒有回家，家人才開始擔心，因為，雖然他偶爾寒暑假會在外面過夜，但也只會去康納家，而且他從來不會沒有交代而不回家，所以那晚深夜，謝利的父親到了警局備案。

雖然如此，當時鎮上的警方並沒有特別在意。

「那天因為停電的關係，有很多突發狀況，而且晚上人手又不足……」現任警長勒可說，當時他還是一名巡警。「你可以說我們只按照程序辦事，但你要知道，謝利當時已經十七歲，是個身高六呎的健碩美式足球員，他會出事的可能性的確比較低，而且事前全無跡象他會離家出走，呃，而且如果是離家出走的話，警方程序也……因為他畢竟是男生，遇到危險的可能性也較低……所以我們以為他只是因事不知去了哪裡，又因為停電而無法聯絡家人而已。」

勒可，也就是發現謝利屍體的人。

第二天早上福維爾的電力還沒有恢復，勒可便和另一名巡警，駕車四處看看有沒有需要幫助的人。

「例如我們所知道的獨居老人，或是在被困在某處沒有交通工具回家等等。」

所以他們就來到那農舍。

那廢置的農舍在主要公路旁，由於那公路連接福維爾和附近的度假村，所以有公車行走，鎮上的孩子有時候會乘公車到那裡玩。可是十四日那天停電後，除了交通燈失靈，公車公司的系統也出現混亂，所以不久後公車便停駛，雖然十四日除了謝利外並沒有其他小孩失蹤的通報，但是以防萬一，勒可他們還是到那裡查看。

然而被發現在裡面的，並不是被困的孩子，而是謝利的屍體。

根據鑑識科在現場拍下的照片，謝利的屍體臉朝上的躺在離農舍門口不遠處。他雙目緊閉，不過不知道是不是兇手為他闔上眼。頸項有一道頗大而清晰的劃痕，不論是謝利的頸、身上的衣服，還有雙手，都沾滿了血跡。

「從屍體的狀況，可以推斷農舍不是案發的第一現場。」這是哈莉亞．李博士（Dr. Henria Li）——我們的星級法證專家。李博士來自美國加州，是國際知名的法醫學權威，過去不少轟動一時的案件，李博士都擔任過法庭的專家證人。我們請來了李博士，為我們檢視當年的證據，包括現場的照片、法醫解剖報告等等，看看有沒有被忽略的事。

「我一看你們給我的資料，就知道案情不簡單。」她說：「好多證據！但卻有好多疑點！」

她用手指在屍體照片那裡打圈，「你看這裡，屍體渾身是血，再看他頸上的傷，這和頸項大動脈被割斷的情況吻合。」

這點和驗屍報告的看法一致，死因是頸部動脈割斷、大量失血致死。而且從死者身上不同位置採到的血跡樣本，鑑識也確認了是死者的血。

「不過一看便知道這不是第一現場。」李博士說：「大動脈傷口會噴出大量的血，你也看到大量血液沾到死者身上，如果是這樣倒下的話，農舍的地上應該也沾有不少血跡。所以，死者是在別處遭殺害，然後才被搬到農舍棄屍。」

根據驗屍報告，死者兩邊腋下都有瘀痕。李博士還說，這很大可能是棄屍的人雙手從後面架著死者的腋下拉著行走。而且現場的照片也顯示，死者是臉朝上的被拖行到農舍內，從農舍外一直到死者躺著的地點，地上有死者鞋跟的拖痕。

因為農舍和福維爾鎮大街有一段距離，而且當天停電後沒有公車行駛，雖然也沒有人會帶著屍體去乘搭公車，警方也調查過計程車公司的紀錄，當天並沒有計程車去過那附近，所以警方推斷兇手有車。另外有一點，雖然現場有謝利被拖行的痕跡，但是並沒有汽車的輪胎痕。

從謝利被拖行的痕跡來看，棄屍的人將車停在農舍門外，這可以省下拖行屍體的氣力。而因為農舍和公路之間是泥沙地，兇手棄屍之後還擦掉泥沙地上的輪胎痕。

「兇手有車，而且是一個小心冷靜的人。」勒可說：「而她也曉得刷掉輪胎痕，不留下車種輪胎證據。很明顯，因為她開的是鎮上少有的高級歐洲車。」

製作團隊做了個簡單的調查，在福維爾這個人口不多的小鎮，不要說是 Mini Cooper 這麼時尚的車，其實每一款車在鎮上都沒有太多輛。即使是很受歡迎的日本車種，每一款在福維爾也只有幾輛；至於輪胎，即使是同款車，也有可能用不同品牌的輪胎，不過只要有輪胎痕，就可以縮小兇手的範圍。這某程度上真的是因為康納他們家，他們經營汽車買賣，因為福維爾太小，大車廠的代理不會在這裡開店，鎮上的人大都寧願光顧康納家，造就了他們財源滾滾。而他們也很懂經營，因為是小鎮，他們會為客人選最適合的車種，連輪胎的選擇也考慮周到。

難怪勒可覺得輪胎痕會暴露兇手的身分。

勒可一直以「她」來指兇手，很明顯，他對阿雪就是兇手深信不疑。不過勒可的理論其實並不只適用於阿雪的 Mini Cooper。

畫面映著當年阿雪的學生照。黑白的照片中，阿雪留著黑長直髮，當時在唸第十班的阿雪還是一臉稚氣，微微抿著唇的她沒有任何表情，圓圓的黑眼睛直盯著鏡頭，可是卻好像有一種深不可測的感覺。

有可能是她嗎？小心而冷靜的兇手……

「在法庭上，阿雪沒有多說話。」史岱絲採訪了其中一名陪審員佩倫（Peron），「在犯人欄裡的她，聽著檢察官不停展示著指證她是兇手的證據，可是她一直都是面無表情，她偶爾會四處張望，但很快又坐好盯著檢察官，感覺很冷酷。」

有這種想法的不只有佩倫一人，據他說，當陪審團退庭商議時，幾乎所有人對阿雪的觀感都差不多。重要的是，她完全沒有作為證人接受控辯雙方盤問，只是由律師提出反證，質疑檢察官的證據和證人。

「好像怕她會說錯話，入自己罪的感覺。」他說。

對於為甚麼不讓阿雪出庭的問題，林律師先喝了口水，再乾笑了一聲，「不能不說，這是個冒險的決定。」

「不要忘記，雖然阿雪是在加拿大出生，但她在香港長大，案發時她剛從香港回來一年左右。雖然她的英語讀寫程度還可以，但和不少亞裔留學生一樣，對英語會話還是感到膽怯。平日在學校已經不大敢開口說話了，如果將她推到法庭上，接受檢察官強悍的提問，以她的英語會話水平根本應付不了。」

那有沒有想過聘請翻譯？

「有，而且我們也試過找來模擬陪審團，做了一次出庭接受盤問的演練，模擬檢察提問時讓翻譯協助，以及讓她自行用英語回答，不過出來的結果是，模擬陪審團對兩種情況都不滿意，她自行回答的狀況是，由於事先準備過，陪審員覺得她只是在背誦答案。至於翻譯的狀況，則是讓人覺得沒有完全表達到她的意思，他們覺得有一些情緒並沒有翻譯出來，甚至有個別模擬陪審員以阿雪的表情語氣，自行詮釋阿雪的回應，而不是相信翻譯。而且你要明白，在白人社會，他們會覺得，既然你來到英語國家生活，在這裡上學，怎麼可能不懂英語？阿雪不是在網上討論板很活躍嗎？他們並不理解讀寫和聽說能力可以分開的。他們覺得阿雪造作、有所隱瞞，甚至是在說謊。」

「加上考慮到阿雪的年紀，所以我們惟有採取不讓阿雪接受盤問的策略，不得不承認，這也有風險，但是我們經過計算和考量的結論。」

可是阿雪還是被裁定有罪。

一如其他指證阿雪的證據，林律師選擇兵行險著的理由是：「我們並不認為阿雪不出庭接受盤問會是很大的問題，因為檢方只是單憑農舍和大街的距離，就說有車的阿雪有嫌疑。但我們持有力的科學鑑識證據，證明阿雪不可能是兇手。」

林律師所說的有力的科學鑑識證據，是阿雪被捕後，警方曾到她的家裡和車上搜證，其中一項是「納米諾」(luminol) 測試。

「死者是在別處遭殺害，然後才被搬到農舍棄屍。」李博士說：**「只要找到案發第一現場，就可以知道兇手是誰。」**

如果阿雪是兇手的話，那殺死謝利的案發第一現場，很大機會是阿雪家，如果阿雪之後利用她的 Mini Cooper 將屍體運到農舍的話，那車上很可能會沾到血液。警方初步檢查時看不到有血跡，所以利用了「納米諾」測試。

「納米諾」是一種化學溶液，會和紅血球中的鐵質產生化學作用，在黑暗的環境下會呈現出螢光藍色。一般的清潔劑可以洗掉血跡的顏色，但卻洗不掉血液中的鐵質，所以這項測試是專門來檢查疑似發生過事件的地方，有沒有被人清洗過血液的痕跡。有時候那化學反應，甚至會顯示當時血液飛濺的形態。

可是，不論是阿雪的車子，還是她家中，都沒有顯示任何「納米諾」反應。

「沒有『納米諾』反應——阿雪的家中不是案發第一現場；沒有『納米諾』反應——沒有謝利的屍體曾在她車上的證據。」林律師無奈的攤開雙手，「沒有反應，就要無罪釋放。」他在模仿著當年O.J.辛普森（O. J. Simpson）[11]的律師強尼．李．葛能（Johnnie Lee Cochran）的名句：「如果戴不下，就要無罪釋放。（If it doesn't fit, you must acquit.）」[12]

林律師認為測試的結果，就如當年辛普森戴不上在凶案現場找到的手套一樣，對陪審團來說是那麼顯然易見的證據呀，檢察官根本沒有證據將阿雪和凶案現場連在一起。

而檢方卻提出可笑的辯解：納米諾測試只是協助指證，並不能排除嫌疑。即是說，如果測試結果是陽性的話，他們便認定你是兇手；如果結果是陰性的話，對警方來說，那並不能把你排除在嫌疑犯外。

而陪審團卻相信了警方的說法。

「也許她是在別處殺死謝利的呢。」其中一名陪審員姬蒂（Cate）說，她應該是五十出頭，一頭盤起的金髮梳得一絲不苟，穿著有點過時的上衣，一副家庭主婦的模樣，當年她被選中當陪審員時只有三十多歲，「測試結果有不準也沒甚麼稀奇嘛。唸書時做實驗也常常做不到預期的效果啦。」

她說的是高中的科學實驗。

「根據我們看的法庭紀錄，檢察方面並沒有提出具體『哪裡是第一現場』的證據。」史岱絲給她看法庭紀錄。

「唔……那不是很明顯嗎？如果不是在家裡，就一定是在別處殺的啦。而且測試結果也可能不準，大家都是這樣想的，因為一定要有車才能把屍體搬到農舍，我是那樣想的。」

「你知道『舉證責任』嗎？」

在《普通法》中，「舉證責任」是在控方，即是檢察官要提出證據，在沒有「合理懷疑」下證明被告有罪，而不是由被告提出證據來證明自己無罪。所以也有「假定無罪」的概念。

可是姬蒂只是一臉茫然的看著史岱絲，並露出尷尬的微笑。

如這位前陪審員說，大街距離農舍十多公里，不要說扛著屍體，即使只是騎腳踏車也不容易到達。所以「有車」便成了將兇手範圍縮小的重要線索。當然，一說到車，福維爾鎮上的人都會想到阿雪那亮麗的 Mini Cooper。

DOC

「除了市長外，鎮上沒有人開歐洲車。」一名福維爾高中舊生說：「而且他開的只是老舊的福士，並不是當年阿雪開的 Mini Cooper 那種話題新車。因為車身是紅色，她又好像常常開車去洗，每天在學校的停車場看到，都是閃亮亮的。而且她的車內放滿了裝飾品，後座放了毛絨玩具娃娃，我們不是會在後照鏡掛那種香味吊飾嗎？我記得她的後照鏡吊著的是一個白色的娃娃，就像用一塊白色手帕弄個頭出來，在上面畫上眼睛鼻子和嘴巴，想想真恐怖……她剛轉學來時，大家當然第一眼就注意到她的車，有些同學還跟她搭訕，想坐她的車去兜風，可是她都不理人。起初大家以為阿雪是超級富豪所以那麼冷寞，但……哈哈，後來大家都發現她應該只是英文不好而已。」

「你說的娃娃，是像這樣子的嗎？」史岱絲把平板遞給他。畫面出現的是日本動畫的片段，窗外下著大雨，窗框上吊著幾個白色的娃娃，幾個小孩子伏在窗框上，一臉憂愁嘆著氣的盯著窗外。可是整個影片沒有任何恐怖感，小孩子因為下雨不能出外而憂傷的臉也很可愛。

「嗯，就是這樣的娃娃。」

「這叫『晴天娃娃』，在日本，小孩喜歡在下雨天時掛在窗邊，來祈求晴天。只是小孩的玩意，並不是甚麼恐怖的東西。」史岱絲停下來，等待著對方的反應。

可是對方只是呆了一呆，乾咳了一聲後便低下頭。

阿雪真的是當時在場的人當中，唯一有車的人嗎？有沒有其他人也能用車棄屍？

雖然比不上阿雪，可是康納在鎮上也算家境不錯。雖然他開的只是日本小房車，但對高中生來說，有車階級當然不同，而且還是美式足球隊的，所以康納常常載著同學們去遊玩。而當天他也是開著他的車載著幾名隊友到咖啡店。

麥迪遜呢？

「麥迪遜她自己沒有車，可是她有駕照。」一名女人說，她是福維爾高中的舊生，和麥廸遜同年，「她一開口，願意當她司機的男生多的是，所以她也不特別喜歡開車，而如果她要借到車，一點也不難。康納就會借她啦！」

康納？

「他家裡經營汽車買賣嘛！有時候入手了拉風的車，他都會向他爸借來，讓女生去開一下，藉機佔佔女生便宜。麥迪遜就常常這樣，不過康納都在車上的，我雖然沒有見過他把車借給麥迪遜，但為了討好麥迪遜，康納會這樣做也不稀奇。」

所以單靠有車這點，其實並不能縮小兇手的範圍。

要縮小嫌疑犯的人選，我們先要仔細重組那天的時間線，而當中的關鍵有兩個：謝利的死亡時間和他被棄屍的時間。

「根據解剖報告，死者胃部殘餘未完全消化的食物。另外毒物報告則測到謝利體內有少量酒精。和食物不同，酒精可以在一小時內便被吸收，在不知道死者何時喝酒和喝了多少的情況下，便很難單憑酒精含量去推算死亡時間。」李博士指著手中的報告說。當時在咖啡店的美式足球員中，有幾個人記得看到謝利大概在停電前吃了甜甜圈，但是沒有人看到他有喝過酒，「而化驗結果顯示，謝利胃部的食物殘渣是糖和澱粉，和甜甜圈吻合，而且根據消化的情況，死者是在進食兩小時內遇害。」

福維爾鎮是在大約四點半停電，那表示謝利是在那時吃下甜甜圈，假設他之後沒有再吃甜甜圈的話，那他的死亡時間，就是在四點半之後的兩個小時內，也就是六點半前。而康納證明謝利在五點的時候還活著，那他的死亡時間，就是在五點到六點半內。

另外李博士也對棄屍的時間提出了有趣的觀點。

「你看這些現場的照片。」她說：「屍體是被人從這裡、可能是停車的位置，被拖行到農舍內，大約距離門口三公尺左右，可是農舍地上血跡不多。」

死者是頸部大動脈被割斷、失血過多而死的，死者身上的衣物都沾了不少血，如果是死後不久便棄屍的話，那兇手的車，以及拖行屍體時，所到之處也會沾上死者身上的血跡，若時間沒有充分到讓血跡完全乾涸，還是會沾染接觸到的地點。現在根據血跡轉移情況，李博士認為，兇手棄屍的時間，距離死亡時間起碼有幾個小時。

「一般室溫下，滴在地上的血，就算是一滴，要完全乾透，大約需要六十至七十分鐘。」李博士邊說邊比劃一滴血的大小，「但是死者的衣服在案發時差不多被血濕透，而兇手又沒有替死者換衣服，在這個狀態下，在棄屍時沒有在農舍留下太多血跡，估計最少要等上幾個小時。」

這表示，兇手殺死謝利後，等了好幾個小時，在深夜的時候才棄屍。

根據阿雪的證詞，當天她找不到瓶子之後，就開車回家了。由於停電，她在家也沒甚麼事可做，那時是夏天，很晚天黑，她看了一下書，隨便吃了些家裡的乾糧，很早就睡覺了。

不幸的是，她母親當天去了多倫多處理一些事，因為停電便乾脆在那裡的酒店住一晚，她在晚上七點左右，利用酒店房間的固網電話打回家，向阿雪交代了在多倫多過夜的事，叫她自己一個人在家要小心。

這等於是，那一整晚阿雪都沒有不在場證明。

停電的一夜，福維爾鎮上的每個人，都是怎麼過的？

DOC

「大約六點多左右，大家意識到電力不會很快恢復，而且也差不多是時候回家了，我便開車送麥迪遜和其他三名隊友回家。」康納說：「平日我是不會一輛車擠五個人的，但麥迪遜沒有車，公車也停駛了，沒理由丟下女孩子嘛。」

麥迪遜結婚前的家是在一列排屋的其中一家，家中只有她和父親。她父親是建築工人領班，平日都開小貨車到不同的工地工作，那也是他們家唯一的車。她的家距離大街有五公里，走路差不多要一個小時。麥迪遜對警方說，康納送她回家後，她便沒有再出去，家中的父親證明了她一整晚都待在家。

麥迪遜的父親在家，那不就表示，麥迪遜可以開她爸爸的小貨車出去嗎？

「不可能啦！」胖嘟嘟的女人說著。麥迪遜的父親仍然住在那裡，但是史岱絲採訪時他並不在家，但找到了住在麥迪遜隔壁的鄰居，「她老爸的車啊，一發動就超吵的。他一早就要到工地，每天早上我都被他吵醒，那幾年我都睡眠不足呢！那晚不能看電視，整條街都靜悄悄的，如果麥迪遜開那小貨車的話，我不可能不知道的！」她肯定的說。

所以麥迪遜真的是整晚在家裡，雖然說謝利是在麵包店被殺害這個可能性還是有的，但是看來麥迪遜不可能神不知鬼不覺地回去麵包店，將謝利的屍體搬到農舍。

事情又回到了在謝利身邊，除了阿雪以外明顯有車的人——康納。

DOC

鏡頭播出的，是現在的康納，戴著墨鏡的他瀟灑地從他的 SUV[13]下車的模樣。可以想像，高中時代的他魅力絕不輸給謝利。

當時在場的人當中，只有康納有車。可是他好像也有牢不可破的不在場證明。

那時因為多出了麥迪遜，加上還有其他足球隊員本來是要坐公車的，康納便主動再回去大街接載其他球員，因為沒有交通燈，路面有點亂，所以他不能開很快。當康納送完所有人後，回到家已差不多八點。那時他父母也回到家了，康納的母親怕冰箱裡的食物會變壞，便臨時起意在後院辦起了燒烤會，並邀請了隔壁的一家人來，對方也把家中的食物帶過來，兩家人一直吃吃喝喝到差不多凌晨一、兩點。

「康納喝了一點酒，我們還沒離開，他已經在客廳倒頭大睡了。他那時還是孩子嘛，酒量沒有很好。」鄰居的先生說，他是福維爾鎮上受人尊敬的商人。

既然當時在大街、和謝利關係密切的人，都不可能跑到農舍棄屍，那難道真的如檢察官所說，只可能是阿雪犯下的案件？

但是當時在大街的關係人中，真的只有麥迪遜和康納嗎？

DOC

「那天……珍娜和朋友在大街，我不記得她們在哪家店了，但我看到她們的時候，她們只是在街上閒晃著。」背對鏡頭的女人說。她當年也是福維爾高中的學生，和珍娜、謝利同級，只是不屬於他們的圈子。

福維爾大街是這個鎮上最熱鬧的街道，不過有車的年輕人假日寧願開車去多倫多玩，也不會待在鎮上，不願出遊或是沒有車的人，就大多會到大街。案發那天正值暑假，不少學生都愛結伴到大街去。製作團隊根據校刊，走訪了不少福維爾高中的舊生，希望找到當天在大街的人，看看還有沒有甚麼被遺漏了的事。

這就給史岱絲找到了美菲絲（Mavis）。

美菲絲是化名，她不願以真實身分入鏡。她有一項和當天有關的重要線索，但當年警方好像都沒有發現，令人不禁懷疑警方辦案的草率。

「當年發現謝利的屍體後，第二天警方借用了學校的體育館，要所有那天在那個時段在大街的人去做筆錄。我記得很清楚，因為當時停電，體育館內非常悶熱。」

在福維爾這個小鎮，殺人事件本來就是大事，死者還是謝利，由於當時大街那邊有很多人，他們全都是需要問話的證人，而且電力還沒完全恢復，為了讓問話更有效率，警方便借用了福維爾高中的體育館。

「基本上都是認識的人，我記得當時也有人本來是不想去的，因為反正也沒有看到甚麼，但給其他人供了出來，不得不趕來學校做筆錄。」

警方基本上是在體育館分流，先記錄每個人停電時在大街哪裡、有沒有見過謝利、之後幾個小時在哪裡等。如果在那個時間線有見過謝利的話，便會由探員再做詳細的筆錄。由於人數眾多，連警局的文職人員也出動做第一步的記錄。

「我一直和朋友在咖啡店斜對面的漢堡店裡面。」美菲絲說：「所以根本沒有見過謝利，他們只是記下我的資料便說我可以回去了。」

「沒有問其他的事嗎？」

「沒有了，我也問：『如果我想起了甚麼，應該去找誰？』，對方只是給了我一張像是宣傳單的東西，上面印著『報案專線』的電話號碼，就打發我走了。」

案發之後，有一件事讓美菲絲有種「怪怪的」感覺，不過因為警方很快便逮捕了阿雪並宣布破案，美菲絲並沒有向警方通報，但直到今天這「怪怪的」感覺一直都沒有離開過她。

「那時警方說阿雪是兇手，大家也一副『原來是她啊』那種鬆一口氣的樣子，在那之前大家都在神經兮兮的，怕兇手會不會是鎮上認識的人。」

當時阿雪也是福維爾鎮的居民，她跟美菲絲和其他人一樣都是福維爾高中的學生。但顯然，她並未被看成是「鎮上的人」。

也因為大家的態度，雖然那「怪怪的」感覺很強烈，但美菲絲只能說服只是自己多疑，而不敢說出她看到的。因為當年讓美菲絲覺得「怪怪的」，不是別人，正是謝利的女朋友珍娜。

「那天大概是六點左右，我和朋友們都在煩惱著要怎樣回家，這時便看到珍娜爸爸駕著警車出現，並接走了珍娜和她的朋友離開，我們還在吐槽，說『那是不是在亂用納稅人的錢啊』。不過我想那時他下班了吧，因為車上只有他一人。」

如果是值勤，大部分時間都是兩個人的。

珍娜的父親費沙是鎮上的警長，在福維爾這種小鎮，平日就沒有甚麼罪案，巡邏後順道接女兒回家，也沒甚麼好稀奇的。問題是，當時整個鎮陷入停電當中，大街那邊那麼多人，應該也非常混亂，作為警長，即使已經下班，不是應該留在大街，協助維持秩序和協助有需要的市民嗎？然而他竟然去當司機，把女兒和她的朋友送回家？

發現謝利屍體的隔天，珍娜和當天在大街的人一樣，都去了學校的體育館做筆錄。據珍娜的證詞，當天她和朋友在大街閒晃，她們看到美式足球隊進去咖啡店，但是因為珍娜和謝利還沒有完全和好，所以她和朋友並沒有進去。

「好像有從街上看到在咖啡店裡的謝利，但他沒有看到我，我們沒有打招呼。」紀錄寫著珍娜的證詞。

但是有些事，是沒有寫在紙張上的。

「我那天在體育館有看到珍娜。」美菲絲說：「她……竟然穿著深色長袖衣服，我也說了，那時是八月，加上停電，體育館內熱得要命，女孩子們都穿著吊帶背心呀、露肩裝呀，哈，年輕嘛，即使是那些書呆子，也穿普通短袖T恤，只有珍娜，突兀地穿著長袖衣服，還是深色的。那時我第一個反應是『珍娜幹甚麼呀』。」

炎熱的八月天，穿著長袖的珍娜……不過讓美菲絲感到「怪怪的」，還不只這個。

「珍娜的爸爸不在學校。」

那天是福維爾鎮上的大日子，前一天剛發現謝利的屍體，然後警方決定借用學校進行大規模問話，除了關係人外，那些被問話的孩子的家長，還有一些看熱鬧的人也來了。

但是珍娜的警長父親費沙，卻不在場。

為甚麼美菲絲當時沒說甚麼呢？

「當時我只是覺得怪怪的，警方問話，怎麼警長會不在？但就只是那樣，我沒有想到甚麼奇怪的事上，也不覺得要說甚麼，那時我想，如果有甚麼，警方會提出吧？而且其他人都沒有說甚麼。」

就是為了美菲絲感到的違和感，史岱絲花了點時間調查珍娜一家，同時也一直嘗試聯絡珍娜。她拒絕了製作團隊採訪的請求。至於她的父親費沙，史岱絲在調查過程中發現了一件有趣的事。

案發後不久，珍娜的父母分別向他們的工作單位請了長假，理由是溫哥華那邊的親戚有點事，要過去照顧和幫忙處理一些事情。事情來得頗突然，鎮上有好些人都是事後從珍娜口中才知道的，他們大約三個月後就回來了，不過沒有說太多，而鎮上的人也不認識他們的親戚，所以也沒甚麼好問的。

DOC

「謝利的屍體被發現後，警局當然亂作一團。」現任警長勒可說：「一來因為我們鎮上從來沒發生過這樣的事，二來費沙剛巧病倒了，沒有人在場指揮大局。」

據勒可記憶，當時費沙好像患了重感冒，連床也下不了。那時勒可記得在電視影集看過調查案件的「黃金七十二小時」，為了不錯過這辦案的時機，他等不了費沙回來，便和局內的人決定展開調查。想到要被問話的人太多，局裡的秘書便提議，向學校借用體育館，集中問話，可以省下不少警方走來走去的時間。

「本來我是想向費沙報告的，但他太太說他不方便見人，連電話也無法接聽。」

已移居溫哥華的珍娜三年前生了孩子，剛巧退休的父母，便決定搬到那邊，既可以距離女兒近一些，又可以幫忙帶小孩。史岱絲走訪了他們在福維爾的舊居，那是一棟四臥室的兩層高獨立屋，現任業主買下房子，把房間分租給福維爾大學的學生。也因為房子不是自住，屋主買下來後也有清潔一下，並沒有作任何裝修，連牆壁也沒有漆過，還保留著當時的牆紙。

史岱絲聯絡上現任業主，並提出了一個大膽的請求——在珍娜的舊居進行納米諾測試。業主也答應了，前提是不影響租客的生活。沒有浪費任何時間，史岱絲和屋內四名租客交涉，在取得他們的同意後，便和李博士一起在測試當晚拍攝整個過程。因為納米諾要在黑暗的環境下才發光，所以攝製團隊特地挑了夜間進行測試，為了更容易製造黑暗的室內環境。工作人員先用防水膠布覆蓋租客在房間裡的東西，讓納米諾溶液只灑在原來珍娜家中原有的東西上——主要是牆壁和地板。測試進行同時，房間內也設置了高端攝影機，因為那化學反應出現的時間很可能只有一瞬，所以高端攝影機可以捕捉那瞬間的結果。

史岱絲在那四個臥室、主人房裡的浴室、二樓的浴室、地下的洗手間、客廳和餐廳都進行了測試。

工作人員小心翼翼的噴上納米諾溶液，不漏掉任何一處。

每一下的噴灑，都像是在帶領著史岱絲和李博士的呼吸，之後眾人都屏著呼吸，焦慮地等待著結果。

然而，結果是一次又一次的「沒結果」。

每一個臥室，所有的浴室和洗手間，還有客廳，都沒有反應。每一次結果出現的一刻，史岱絲都忍不住鬆了口氣，可是史岱絲不知道，究竟自己想看到怎麼樣的結果。

「檢方的理據並不完全錯，所以每一次進行這些測試，心中難免會有忐忑，如果結果是陽性，就表示，那裡發生過事件，如果結果是陰性，那表示離找到真相的路還很遠。」李博士說。

最後測試地點是客廳，那裡其中一面牆壁，據珍娜的朋友說，當年那裡放了個矮櫃子，裡面放了一些擺設的茶杯，現在矮櫃已不在那裡。

「畢竟年代久遠，測試很大機會不準確。特別是牆壁地板外露的東西，經過了十幾年，一定會被其他東西污染，影響結果。」李博士說：「但如果有其他東西阻擋的話，被外界接觸的機會減少，證據反而得以保存下來。」

黑暗中，在那面牆壁接近地面處，原來被矮櫃遮擋著的地方，幾片很小但詭異的藍光在發亮著，就像一片片來自地獄的花瓣。

3.2 格蘭 YOUTUBE 頻道——回應《不白之冤》 | GLEN'S YOUTUBE CHANNEL

第三集 | #3

訂閱

「你知不知道你這樣會讓你媽很傷心？」站在車外的男人說。

車上的鏡頭設置在擋風玻璃中間的位置，所以拍不到那男人的臉。車子停了在一旁，只是映著外面無聊的郊外風景——筆直的公路，和兩旁一望無際的田野。不過公路兩旁停了好幾輛車子，有些人在附近走來走去，他們在拍照、自拍，然後都走進路旁一間農舍裡。

「我只是想知道真相而已。」車內的人說。

「甚麼真相？連你也被那種亂七八糟的肥皂劇毒害了嗎？」車外那人稍微提高了聲音，「你啊，我知道你在拍甚麼影片放到網上，不要亂來了好嗎？你不想謝利安息嗎？」

「警長，真相，是經得起考驗的。」車內的人說：「難道你真的絲毫沒有懷疑過？」

「法庭已經判了案，那就是真相。」車外的人輕拍了車門，「回家吧，這裡沒甚麼好看的，你不要像那些人那樣無聊。」

***

你好！我是格蘭，歡迎來到【格蘭的 YouTube 頻道】。剛才你看到的，不是甚麼偷拍片段，只是我在車內設了鏡頭，想拍下那天的行程，不過意外地被勒可警長攔下，當時的對話就剛巧被錄下來了。

為甚麼要播這樣一段只有聲音、連對話的人的臉也沒拍到、畫面只有公路和田野的影片？

有時候，影片的主角並不是在對話的人。大家看這影片……看到兩邊的人嗎？因為《不白之冤》最近播出的一集，關於謝利被棄屍的地點，這廢棄農舍現在成了那些奇案迷的打卡景點。為了第一次看我影片的朋友知道我在說甚麼，我簡單交代一下——《不白之冤》是現在電視台正在播放、號稱是「一宗疑案」的紀錄片。如果你到電視台的網頁，可以看到之前所有的集數。我在每一集《不白之冤》之後都上載我的影片，在看這影片前，我建議你先看我這個系列之前的兩段影片。這樣你便會明白整件事的來龍去脈，我就不贅言了。

不過自從《不白之冤》播出第三集後，整個福維爾鎮出現了不少變化，除了剛才的影片中，在農舍內外自拍的外來人外，也許因為關於影集的事傳開了，也有愈來愈多鎮上的人看了內容。年長一點的，特別是爸媽的朋友，他們對鎮上原來有那麼多人接受了電視台的訪問而感到驚訝，當中甚至在網上回看了已播出的集數好幾次，然後猜測那些沒有正面入鏡的、提出比較爆炸性言論的人，究竟是誰。

例如上個星期，他們就在找究竟是誰在說康納的壞話，在第一和第二集，那些人竟然將康納說成家裡有錢、霸凌同學、被寵壞的校園惡霸。

「還對比那個連書也沒唸好的維特，太誇張了吧。」前天康納的媽媽來找我媽聊天時說：「我記得啊，那時他問我家康納借錢，康納說維特因為遇上『雙畢業年』，考大學變得好難，想去多倫多報甚麼設計學院的課程，還說甚麼可以銜接大學的，我當然不會上當！還叫康納千萬不要借錢給他，後來他不是也沒有離開這裡嗎？」

那時候我突然有股衝動，想跳出去為維特辯護。聽到她說維特沒唸好書，我有點生氣，畢竟我曾將維特當成「哥哥」般的人，而且維特只是運氣不好遇上「雙畢業年」，不過當她這樣說時，我突然想起，有一次謝利帶他回家玩時，我好像聽到維特說要唸美術還是設計，對，我記起來了，維特說想考安省美術設計學院，我還問他哪裡有貓[14]，被他和謝利取笑。

自從第二集《不白之冤》播出後，康納的媽媽就常常過來我們家，她一直抓著我媽，一時像是在哭訴，說電視台抹黑康納，請媽媽一定要相信康納是個不會害謝利的好孩子。第三集的《不白之冤》播出之後，因為新的「疑惑」登場，康納不再是最大嫌疑犯。她和康納一身輕鬆了，就變成在說其他人壞話，包括珍娜和費沙的八卦。我跟媽說不要理她，但是她說康納的媽沒有惡意，因為影集的事悶了那麼久，也只是想放鬆一下心情吧。

康納可沒有那麼單純了。

他在第三集後很明顯的鬆了一口氣，而最讓我覺得噁心的，是他竟然和市長合辦了謝利的追思會！

還請我們一家務必要出席，我上一個影片已發了我爸媽對事件的聲明，他們也想低調，但是這次是市長親自邀請，於是爸媽當是感謝鎮上的人的心意而出席。

本來我不打算再上傳這集影片的，但《不白之冤》播出後在鎮上發生的事，我實在是不吐不快。

追思會在大街上最古老的教堂舉行，還煞有介事的準備了蠟燭給參加者，開始時大家在唱聖詩《奇異恩典》（*Amazing Grace*），然後先由市長開場，再由我爸致詞感謝大家還沒有忘記謝利、謝利在天堂一定也會很感激之類的客套話。

但是他竟然也說：「謝利的案件，根本沒有任何冤情，兇手已經被法庭定罪服刑，但就是有一些有心人，想利用謝利的悲劇得到好處。他們提出的所謂『疑惑』，只是志在分化，可能你們當中會覺得上電視、或是說些甚麼破案線索很好玩、很有趣，但這些都是再一次的在謀殺謝利。」

我在台下看著康納嚴肅地點著頭，不禁掩著嘴笑。老爸其實很不屑康納做的事，但又不能拒絕，只能這樣委婉表達不滿，不過康納顯然聽不出來。

之後康納請班拿老師代表美式足球隊，說幾句懷念謝利的話，再由康納和當年的美式足球隊員每人說一、兩句關於謝利的逸事。當然都是說盡好話，不過也有些趣事是我沒有聽過的，雖然主要仍是說謝利是個陽光健康大男孩。

那時我發現台下有人在拍攝，本來我以為是電視台的人，但是後來我看到康納有給那些人指示，所以那應該是康納請來的人。但是，若只是要拍攝追思會，拍攝的人也太多了吧。

我留意到，那些人專拍美式足球隊員每一個人的背影和正面。我立刻想到，康納是在找說他壞話的人。這個人表面上說沒甚麼，其實超級介意，還想把那人揪出來，我想他是打算比對那個人的背影吧。

追思會的程序完結後，大會還安排了飲料小食，這時我留意到不少人是穿黑色的衣服來，老實說，那根本像是葬禮，真可笑，十六年後再為謝利辦一次葬禮，我爸媽還要在那裡和大家聊，接受著鎮上的人的慰問。本來我是看不下去，想帶爸媽離開的，這時我看到康納和幾個當年美式足球隊的，在場內走來走去，不斷攔著其他男人問這問那，就像黑道在抓叛徒一樣。

其實不只康納，女人們也是，有幾個珍娜的好友，也圍著幾個女人。過了十六年，這些人都好像沒有長大，還在上演校園霸凌的戲碼——她們在找「美菲絲」。

還有其他大人也是，在他們以為我們一家沒有注意時，三三兩兩的在談論。

「那個『美菲絲』是○○的女兒吧。」、「應該是她，她不是一直妒忌珍娜的嗎？」、「不過我覺得XX比較像。」、「也有可能是吧？」**這種言論此起彼落，不過語氣不像閒聊是非八卦，較像是認真的在識別誰是告密者。

簡直像獵巫。

我想吐。

我發現麥迪遜不在。她只是沒有來吃茶點？還是追思會也沒有來？不過剛才好像真的沒有看到她。

此時此刻，這追思會變成了表態大會，出席者就像是在表明自己和案件無關，還要加入談論，總之就像是要急急和案件劃清界線，還要肉麻地表現出有多愛謝利，所以不會傷害他。

麥迪遜不出席，大概也是覺得噁心吧。現在鎮上敵我分明、非白即黑的狀態，要選對邊還真不容易，麥迪遜不想選，但情況不由得她，不出現，就被界定是站在電視台那邊，與鎮上的人為敵。但麥迪遜好像不在意，倒是麵包店老闆娘一直說麥迪遜病了不舒服，她其實是恐怕不表態支持康納他們的話，鎮上的人就會杯葛她，會影響到生意吧。對老闆娘來說，露個臉陪個笑，就可以安安穩穩的做生意，公義甚麼的並不重要。

好，說回農舍。勒可之所以會在那裡維持秩序，是因為實在太多人去了。《不白之冤》也提到，農舍就在公路旁邊，公路連接福維爾和其他鄰近的小鎮和度假村。福維爾大學成立後，那條公路就更繁忙了，然而那仍舊像一條穿過鄉村的公路，但兩旁現在常常停了不少車，人們為了到農舍，橫過公路的驚險情況頻生。因為那算是福維爾鎮的範圍，所以勒可出動維持秩序。

我聽說警方想聯絡農舍的擁有人，希望對方可以設置標示，說明那是私人地方不准進入等等，可是好像還沒有聯絡得上。

剛才的片段裡，你也看到了，我也去了那裡。我當然不是去打卡，和之前的影片一樣，我親自駕車從大街到農舍，是想看看車程需要多久。我特地選了和案發那天一樣的星期四，在下午五點十五分左右，從謝利以前工作的咖啡店後巷，向農舍駛去。

十六年來，雖然大街改變了不少，但從大街去農舍，還是那條路。其中最花時間的，是離開大街。

途中有好幾支交通燈，運氣不好時會遇上每一支都是紅燈的情況，所以我決定要多試幾次，好取一個平均數。

不過在第一次到達農舍時便遇到了勒可警長。對，堂堂一個警長，去了個荒廢農舍外，像個警衛一樣趕走不守規矩的遊客，因為反正他在這裡也沒有甚麼事好幹。

後來我沒有再駛完全程去農舍，因為一出了福維爾鎮，在公路上駕駛到農舍的時間是差不多的。

我試了八次，即使遇到每一個路口都是紅燈，整段路程最長時間是三十五分鐘，如果完全沒有遇上紅燈的話，最快只要二十二分鐘，平均要二十五分鐘。因為剛好是下班時間，即使是平日大街上也有很多人，在沒有交通燈的路口，也遇上不少過路的人，所以不能開太快。一出了小鎮的範圍就好多了。不過因為從大街到農舍也只有十公里，即使是時速七十公里或一百公里也好，都只是兩、三分鐘的分別。

就以平均二十五分鐘來說吧，謝利最後被目擊是五點零五分，而阿雪被目擊駛離後巷是五點十五分，如果阿雪是立刻去農舍的話，即是最快也要五點四十分才會到達農舍。解剖報告說謝利最晚是在六點半遇害，如果阿雪是在農舍殺了謝利的話，即是說，她最晚在六點零五分要離開大街，不過當天停電，所有交通燈都失靈，街上也擠滿了人，所以從大街去農舍可能要更久。

所以如那個李博士所言，謝利被殺的地點不可能是農舍，他是死後才被移屍到那裡的。

可會真的是如檢方所指，阿雪是在自己家中殺死謝利的？然後趁深夜把屍體搬到農舍？

當然，我也做過實驗。我從阿雪的舊居開車到農舍，我不知道電視台是沒有做這個實驗，還是他們知道不可行？

因為，阿雪的家就在康納的家附近，從阿雪的家開車到農舍，就一定會經過康納家的後院。而電視台已經調查過了，那天晚上康納的家臨時起意在後院辦了燒烤大會，從阿雪的家，應該可以看到、甚至聽到吧，假設阿雪六點半在家殺了謝利，因為康納家後院有人，她不可能立刻棄屍，她只能一直等著，而燒烤派對直到凌晨一、兩點才完結。不過考慮到他們很可能也不會立刻睡著吧，假設他們凌晨三點才睡，阿雪要等到起碼三點才能出去棄屍。

但那不是太冒險了嗎？

整個鎮都沒有電力供應，阿雪要開車出去的話，在那個寧靜的社區，能完全不引起注意嗎？

另外，他們說在家中參與燒烤派對的康納，因為喝了酒，客人還沒離開他已經睡了，所以說康納那天晚上有著完美的不在場證明。可是阿雪不也是嗎？開著派對的鄰居，實際上不也是讓阿雪「困」在家中，成為了她最佳的不在場證明嗎？

還有我最在意的，是阿雪的家沒有檢測到血液。

當年鑑識技術也許還沒有成為一般大眾的常識，所以檢方可以說，沒有檢測到血液無法證明阿雪沒有罪，但是以今日我們的認知，沒有血液反應可是大事！那可是一個很高的門檻，檢方要有其他非常有力的證據，才可以說服陪審員、和我。

讓我懷疑阿雪可能真的不是兇手的，還有棄屍在農舍這件事。

《不白之冤》提到，鎮上的小孩喜歡到農舍玩耍。實情是，那農舍的確在福維爾的小孩間很有名，因為那裡很久以前就荒廢了，我們都叫那裡做「鬼屋」。如節目提到，那裡有公車可以到，所以鎮上的小孩放學後都喜歡乘公車到那裡「試膽」，特別在萬聖節前後。不過那只限於小學生的玩意，因為你也看到，其實那農舍真的沒有甚麼特別恐怖，裡面甚麼也沒有，只是一個空蕩蕩的建築，而且屋頂破了個洞，白天還有陽光透進來，只有小屁孩才會叫它「鬼屋」，小學五、六年級生已經不會去那裡。對高中生來說，因為還是有小學生到那裡玩，所以也不會選那裡做約會鬼混的地點。

之所以講那麼多，是因為如果你不是從小在福維爾長大的話，你不會知道那農舍。一到高中，根本沒有人會提到那農舍。另外大家看一看這安省的地圖，多倫多在這裡，福維爾在這裡——多倫多東北面，而農舍大約是福維爾以東十多公里這地方。所以，如果只是來回多倫多和福維爾的話，是沒有機會路經農舍的。

那當時來福維爾只有一年、沒有在福維爾上過小學、在學校沒甚麼朋友的阿雪，是如何知道農舍的呢？

而且，那個李博士說，農舍並不是殺人現場，而阿雪的家並沒有檢測到血液。

那第一現場是哪裡？

在電視台《不白之冤》的網頁，有一些周邊的資料被上載到那裡，我找到二〇〇三年福維爾的地圖，有些商店可能已經和現在的不同，但在這種小鎮，主要的建築並沒有大變動。

節目說阿雪的母親晚上七點左右從多倫多的酒店打電話回家，而阿雪是有接電話的。如果阿雪和她母親沒有串通好說謊，那表示阿雪七點鐘已經回到家，那是謝利死亡時間之後，如果阿雪的家裡並不是案發第一現場的話，那就是阿雪把謝利載到別處殺死，然後把屍體藏在車尾箱帶回家，再趁深夜搬到農舍。另一個可能性是，她在別處殺了謝利後，把屍體留在那裡，再在深夜回去那第一現場，清理好現場後再把屍體搬到農舍。

可是，那個第一現場是哪裡？

警方沒有找到那個第一現場，表示兇手事後將血跡都清理好，不然一定會有人舉報吧。我覺得首先那個地方是容易拿到水的，因為當時只是停電並沒有停水，兇手沒必要帶著水去清洗血跡，一來無法肯定要多少水才夠，二來要從車上搬水到現場太費時了。所以我將可能的地點縮小到人不多、但阿雪可以進去、又容易拿到水的地方：社區中心的體育館和學校。不過那時是暑假，社區中心除了有體育館，還有圖書館和泳池，人太多了，而學校……在暑假會上鎖的，只有特別理由，例如校隊樂團練習等，某些負責人才可以借到鑰匙，所以阿雪並沒有鑰匙進入校內。

不過，如果有鑰匙的人是謝利呢？作為明星球員的謝利，老師會不會給他甚麼特權？如果阿雪和謝利去了學校，謝利用他的鑰匙進去，阿雪在廁所或是更衣室殺了謝利，將屍體帶回家，對，學校的話，體育館的儲物室不是有放籃球的手推車嗎？正好讓弱小的阿雪用來搬運謝利的屍體上車後，再用謝利的鑰匙回去學校，用廁所或是更衣室的水清理現場，然後駕車回家。

請看這段影片，我做了實驗。從大街到福維爾高中，只有四公里，即使停電，十分鐘內應該可到達，然後將謝利騙到更衣室……呃，女人要騙男人去更衣室，只要暗示一下，十七歲的男孩，沒可能不上當吧，所以那應該不會費多少時間……我想十分鐘吧。然後殺人，到儲物室找手推車，把屍體搬上去再推到車上，再回更衣室清理現場……然後開車回家。從福維爾高中到阿雪的家，沿途是住宅區，雖然停電但交通不會有很大分別，大約十五分鐘內就到了。

當時阿雪五點十五分離開後巷，十分鐘到學校，那是五點二十五分。十五分鐘回到家，七點接到母親的電話，我算阿雪的媽媽說是七點左右，我給她前後十分鐘的誤差，即是阿雪六點五十分已經在家，那就是六點三十五分要離開學校，從五點二十五分算起中間有一個小時十分鐘，要殺人清理搬屍，即使是阿雪一樣的女孩子，時間上也應該綽綽有餘。

不過整件事最大的風險是：在校內碰到人。如果我是阿雪，會冒那個險嗎？

還有，如果要殺人，既然已將謝利騙上車了，為甚麼不乾脆在家殺他，要大費周章去別處殺他？阿雪的媽媽去了多倫多，就算沒有想過會因為停電而在那裡過夜，也應該知道母親大約幾點回來吧，在家清理不是更容易嗎？

當然，如果你相信檢方說她把家中清理得一乾二淨的話，唔……不如說像電影《美國殺人魔》(*American Psycho*)[15]一樣，事前在家蓋了防水膠布，那就不怕噴血了。

最重要的，又回到原點，是為甚麼棄屍在農舍？

如果是在自己家殺人，既然已清理得那麼好，為甚麼還要再冒險，將屍體搬上車，深夜去農舍棄屍？

如果我是阿雪，母親已經說會在多倫多過夜，住在那樣的房子，最方便的方法，不該是將屍體埋在後院嗎？如果要棄屍，原因通常是要嫁禍別人，例如丟在仇人的家中，而不是放在沒人去的廢棄農舍。

唉……

雖然我之前說《不白之冤》是獵巫，但他們這次……的確提出了一個令我不能釋懷的疑惑……就如我剛剛說的，在家中殺人不是最方便的嗎？而殺人後，如果想掩飾罪行，最容易的方法，是埋在院子裡。不過，這樣做的話，謝利便會一直被當成失蹤，那我爸媽就會一直找，一直找，一直找……那……太可憐了。所以兇手將屍體棄置在農舍，那樣既可以讓謝利早晚被發現，再加上那是被廢棄的地方，也不會令屋主被懷疑。

聽起來……就像兇手顧慮到我們一家的感受似的，不，還顧慮到不陷其他人於不義。

如果真如檢方所說的冷血殺手阿雪，會這樣做嗎？

還是，真兇是……對！我在說《不白之冤》在最近一集暗示的珍娜一家。算了吧，你不要給我那些廢話，說你不知道他們在暗示珍娜一家有嫌疑。又說警長不在，又說珍娜怪怪的，最後那個鬼納米諾測試，分明是在珍娜一家的嫌疑上再補一刀。

呃，我先聲明，以下只是我根據《不白之冤》提出的疑點所整理出來的猜測，還沒有證據，只是瞎猜而已。

如果說，當時謝利是躲在某個地方——我猜他回到咖啡店內，躲在地下室的儲物室——然後到了後巷，是因為他秘密約了費沙警長，也就是珍娜爸爸，可能是為了擺平和寶貝女兒珍娜的事，不過因為康納跟出來後巷，費沙沒有現身。待阿雪和康納都離開後巷後，謝利在六點前偷偷去了某處和費沙見面，那時警長可能打暈了他或是用藥令他失去意識，再將他放進警車的後車箱，這樣珍娜的朋友才不會發現。回到家後，警長殺了謝利，雖然他們一家盡力清理了，可是還是有一點血濺到矮櫃後面，到了深夜，他再用警車運送屍體到農舍。

因為殺了人，警長陷入極大的情緒困擾，為怕他露出破綻，珍娜的媽媽便和他離開福維爾。

我知道啦！這樣懷疑幾乎是看著我長大的珍娜一家是不對——我知道我父母和鎮上年長的人都會這樣說。但是面對這樣的疑點，我不能不懷疑呀！為甚麼珍娜家有血液反應，而阿雪的家反而沒有？費沙殺人棄屍的推論，種種細節來看，不是比阿雪殺人的理論更合理嗎？

還有一件事，電視台沒有提，我不知道他們有沒有查。

《不白之冤》提到，珍娜父母在謝利的屍體被發現後不久便請了假，說是要到溫哥華的親戚處——那是謊話。

幾年前，珍娜生了孩子，剛巧警長退休，他們兩老便決定搬到溫哥華。那時鎮上的人還給他辦了個算盛大的榮退派對，地點就在社區中心的體育館，有小點心的雞尾酒會那種。一直以來，我們家裡都覺得當年那麼快抓到殺謝利的兇手，警長功不可沒，所以他的退休派對一定要出席。媽媽還選了禮物給他，和給珍娜的寶寶。

不過尊敬歸尊敬，對當時十九歲的我來說，那是一個極度無聊的派對。他們說那是雞尾酒派對，但場內一滴酒也沒有。我明白警察的派對不鼓勵狂飲，但我們也不是白痴，滿場都是警察，才不會有人喝得酩酊大醉後開車吧。然而場內不但沒有啤酒，連調得極淡的雞尾酒也沒有。所以我和警長打個招呼後，便去找其他鎮上的年輕人躲在一角玩手機，吐槽派對沒酒好無聊。

那時其中一人說了一句話：「不過本來就知道會是這樣的，以前我家去過他們家作客，他們也是不請客喝酒的。」

不過另一人說他爸爸講過從前年輕時和費沙是酒友。那就是說費沙是從某天突然開始戒酒了。

「是發現『那個』不行了嗎？」當時大家嘻笑著。

不過令我在意的，是當時爸媽和珍娜父母寒暄時，我聽到珍娜的媽媽說了一句。

「不過也有點緊張，畢竟我們倆從沒去過溫哥華，那邊除了珍娜之外，完全沒有其他親戚朋友。」

我對她說的這句話特別有印象，是因為當時我還覺得父母真偉大，為了女兒，即使年紀這麼大還願意搬到陌生城市定居。

不，我現在記起了，為甚麼我會那麼印象深刻，除了她說沒有到過溫哥華外，還因為他們聊著，老爸的臉色卻愈來愈難看，難看到媽媽也發現了，所以就匆匆找個藉口離開派對。

當時費沙一直在稱讚他的女婿，也就是珍娜的丈夫。好像他在溫哥華是某大企業的高層。費沙和老婆會搬到他們的大宅中一起住，「也不會擠。」費沙笑著說。

「那很好啊，珍娜嫁了個『好男人』。」回家的路上爸爸不爽地說。

當時媽媽還安撫著爸爸：「好了，當時他們還只是孩子，也不見得會結婚。」

「當然，謝利配不起費沙的寶貝女兒。」爸爸說：「但那是孩子們的事，我才不會插手。」

「都過去了。」媽媽握著爸爸的手，「那時你不是做得很好嗎？我為你感到驕傲。」

我想起來了，我想起珍娜為甚麼不再來我們家玩，除了可能是因為抄襲功課事件外，有一天，費沙——穿著警長制服的費沙，出現在我家門前，硬要接珍娜回家。

「費沙，有必要這樣嗎？你嚇到格蘭了。」爸爸在玄關和費沙理論，那時我摟著爸爸的腿。

「叫你的沒用兒子離我女兒遠一點，他敢動她一條頭髮，我扭斷他脖子！」

「年輕人談戀愛有甚麼問題？我保證，他們絕對沒有亂來。費沙，我們也曾經十六歲……」

「我女兒可不是那些沒腦袋的年輕人，我會送她上一流的大學，美國長春藤也不是問題，我不能讓她為了一個小鎮美式足球員斷送前程！」

對了，當時謝利雖然是鎮上的明星足球員，但那也只是福維爾這個小鎮上的本地「明星」，又不是

NBA、NHL 或是職棒那種能賺大錢的運動員。老實說，他應該也沒有厲害到可以拿到美國大學的獎學金，成績也只是中等，即使考上大學也不會是頂尖的學科。反而珍娜，聽說她的功課很好，要考上多倫多、皇后或是滑鐵盧大學絕不是問題，她應該會比謝利走得更遠。在費沙眼中，是謝利配不上珍娜。

已經先入為主不喜歡謝利和珍娜交往，再加上抄襲事件，害珍娜要重修，還有謝利和麥迪遜的傳聞……珍娜只是來我家玩，費沙也會跑上門，對這樣傷害女兒的人，他會坐視不理嗎？

《不白之冤》中，當年他們在案件發生後不久，便以要到溫哥華幫親戚處理一些事為理由請了長假。那不是和他們退休時說的不符嗎？究竟當年他們是不是真的去了溫哥華？如果不是的話，那他們去了哪裡？

美菲絲說第二天在學校體育館問話時，珍娜的警長父親竟然不在。

老實說，我不能不懷疑，他去了哪裡？之後他和老婆離開福維爾，看起來不像是潛逃避風頭嗎？

所以，我不是在說珍娜一家有殺謝利的嫌疑，大家也看到，警長是一個滴酒不沾、嚴守紀律得過分的大好人，我是真心不想他們一家揹著殺人的嫌疑！

珍娜，我求你，請你出來回應吧。我明白你不想現在的生活被打擾，但是老實說，你身邊完全沒有人有看過《不白之冤》嗎？網絡上那麼多人肉搜索，把你現在的生活在網絡上公開只是時間問題。與其被看成殺人犯，不如公開回應以正視聽。這不是怕了他們，而是為了你們一家人。

珍娜，我很想相信你，請你告訴大家，《不白之冤》是錯的，好嗎？

3.3 推論筆記 | MAKING INFERENCE

#3

真兇是誰？

◉ | **嘿嘿～如果早前你認定阿雪就是真兇，又或你認為真兇另有其人而寫下了其名字，那麼看到這裡，又會不會想修改答案呢？**

◉ | **假如你非常肯定，不用改答案，那請繼續看故事發展吧！**

推論

要是你感到猶豫、動搖了（畢竟不想冤枉阿雪或另一個人），不如在此排列出五個你心目中認為有可能才是真兇的人選，然後再作進一步偵查。

（注意：排名絕對分先後！）

① ____________________

（最大嫌疑犯！）

② ____________________

（90%）

③ ____________________

（80%）

④ ____________________

（70%）

⑤ ____________________

（60%）

讀者筆記 | MAKING INFERENCE

004

WHAT

4.1 《不白之冤》紀錄片——第四集

4.2 格蘭 YOUTUBE 頻道——回應《不白之冤》——第四集

4.3 推論筆記——#4

經過比對，傷口和這匕首刀刃的形狀吻合……

★不白之冤 — 48分鐘 — 第❹集 — **類型：**紀錄片、凶案追查 — **節目性質：**懸疑、推理 — 立即播放 ▶

4.1 《不白之冤》紀錄片 — DOCUMENTARY WHITE LIES

第四集 — EPISODE #4

以下節目受訪者言論純屬個人意見，並不代表本台立場。

●●● 《雷德林戰記》播映中…

鋪滿在地上的紅葉，使這片森林彷彿蓋了一幅紅色的地毯。這時吹起一陣微風，沙沙作響的紅葉為凝結的空氣帶來一點音樂。森林中央有一間小屋，屋前站著一名黑髮少女，她的長髮隨著微風輕輕飄逸。

玲乃滿懷心事的看著前方——她在等一個人，但她怕那個人不會出現。

旁邊突然響起踩在樹葉上的聲音，玲乃赫然回頭。看到那從樹木間出現的身影，玲乃淚盈於睫。

「涼介！」玲乃衝口而出叫了眼前少年的名字。這時她才發現，她從來都沒有正經地叫他的名字，都是叫他「白痴」呀甚麼的。

涼介拖著腳步，一拐一拐的走向玲乃。他一隻手按著左腹，血從那傷口透過指間流出。而他另一隻手，則緊緊握著匕首。

「你受傷了！」玲乃扶涼介進屋內坐著，涼介將匕首交到玲乃手中。

「我拿到了⋯⋯『雷德林寶石』，從費勒之龍那裡。」

被稱為「雷德林寶石」的匕首。匕首套和刀柄都鑲著閃亮的寶石，而它之所以被稱為「寶石」，是因為自古以來，雷德林的人就相傳，拿到這匕首的，是傳說中的神龍所選定，要統治雷德林的人。

被臣子背叛的王子，只要拿到「雷德林寶石」，就可以向各貴族展示他正統地位，讓他們出兵協助攻打叛軍。而只要王子能順利登基，就能拿到世代由雷德林王保管的「勇者之間」的鑰匙。根據那不知名的智者說，雷德林古老傳說中，從異世界來的兩名勇者，守護住王室血脈之後，就消失在皇宮深處的「勇者之間」裡。而那名智者深信，玲乃和涼介就是那兩名勇者。

換句話說，「勇者之間」很有可能就是讓玲乃和涼介回去原來世界的傳送門。

只是，「雷德林寶石」一直被千年神龍費勒之龍看守著，沒有人敢深入龍穴去取匕首。但為了帶玲乃回家，涼介自告奮勇去冒險。

「你這白痴竟然真的拿到了！」玲乃嘗試用一貫調侃涼介的語氣，希望能讓他暫時忘卻傷口的痛楚，「你是怎樣戰勝費勒之龍的？」

「我說⋯⋯我要帶你回去參加偶像選拔。」涼介笑著說。

「哈哈，你記得啊？」玲乃忍著眼淚。來到這世界的第一天，玲乃哭著說要錯過偶像團體的選拔了，「費勒之龍明白偶像選拔是甚麼嗎？」

玲乃不知道，費勒之龍是因為涼介的愛和勇氣，而讓他拿到「雷德林寶石」。

「你快帶著它去跟王子會合！」涼介再把匕首壓在玲乃掌心，「不然來不及了！」

●●● 《雷德林戰記》播映中…

「但你的傷……」

「我會照顧他，你不用擔心。」智者從房間出來，「等他復元後，我再帶他來找你。」

雖然智者這樣說，但之前涼介獨自去取匕首，玲乃已經非常坐立不安了，她不想再一次和涼介分開。

她看著涼介，涼介也看著她。

玲乃伸出手，她想握著涼介拿著匕首的手，但她因為害羞而猶豫了一下，然後握著匕首另一端。兩個人，雖然有點尷尬的各自握著匕首的一端，但連著他們的手的匕首，把他們的心，也連繫在一起。匕首上面的寶石反射著窗外透進來的陽光。窗外仍颳著微風，紅葉在沙沙作響。

剛才的片段，是日本動畫《雷德林戰記》的高潮，最後一幕在粉絲間引起很大的迴響——玲乃和涼介最後有沒有接吻呢？這成為粉絲之間不斷爭論的話題，不過普遍都認為，這一集是涼介和玲乃彼此確定對方感情的里程碑，而在這一集出現的匕首「雷德林寶石」，更被認為是他倆的定情信物，在粉絲之間有特殊的意義。

所以在二〇〇三年，為了紀念《雷德林戰記》播映一百集，動畫公司在全球辦了巡迴活動，除了在某些城市有配音的聲優出席外，最重要的是「雷德林寶石」官方實物紀念版的開售。為了突顯匕首的收藏價值，上面鑲有真的寶石，而且是全球限量一千把，所以即使要價一千五百[16]，仍有不少人排隊搶購。

動畫公司為了加強話題性，更特意在每個國家售賣的版本增添該國的特色，所以加拿大的版本，上面有個「楓葉」圖案。因為「紅葉」在經典一幕中製造的意境，使加拿大版成了粉絲心中的特級收藏品，更有粉絲遠道從日本飛到加拿大，為的就是要買那加拿大版的匕首。

動畫公司巡迴的加拿大站，是在七月舉行的多倫多粉絲博覽，也就是類似動漫節的活動，更有消息指出，這匕首當天就被炒賣到接近五千元[17]。

而這款匕首，被認為是殺死謝利的凶器。

「死者頸項的傷口，呈現一種很奇特的形狀。」負責驗屍的法醫說：「而經過比對，傷口和這把匕首刀刃的形狀吻合。」

這把匕首，全球限量一千把，而加拿大版更只有一百把，全部在多倫多粉絲博覽第一天售出。究竟全球粉絲趨之若鶩的匕首，如何成為發生在小鎮福維爾一宗凶殺案的凶器？

在驗屍時發現謝利奇特的傷口形狀時，警方有點頭痛。因為凶器如此奇特，恐怕兇手會把凶器藏得很好，甚至已經毀滅了凶器，這樣會大大增加逮捕犯人和入罪的難度。

「不過天網恢恢。」勒可警長說。

在警方得知阿雪在謝利那「消失的五分鐘」出現在後巷時，便搜查了她的住處，除了找到阿雪和謝利在「ANIME」討論板的交集外，還找到阿雪放在書房的匕首。

「就像天掉下來的樂透大獎。」勒可警長笑著，「看到匕首的一刻，在場的警員，我也在其中，都覺得雞皮疙瘩。直覺覺得，『就是它了！』，但是另一方面，我們對兇手的冷血程度非常震驚。」

勒可指的「冷血程度」，是因為匕首被發現時，是放在一個透明盒子中，儼如一件藝術品般展示在書房的櫃子中。

而檢察官也在法庭上說：「被告不但無情地奪去謝利的生命，事後更驕傲地將凶器放在展示盒中，如紀念品一樣毫不忌諱的放在書房顯眼的地方！」

相對檢察官動人的演繹，林律師的反駁便顯得沒有力度：「警方在我當事人的匕首上，並沒有檢測到血液。」

等等，「沒有檢測到血液」？

「搜證取得匕首後，鑑識做了血液反應測試，」林律師說：「結果完全沒有檢測到任何血液反應。」

沒有血液反應，不就是無法證明那匕首是凶器嗎？

可是檢方並沒有讓這懷疑有機會在陪審員腦中紮根。

「要徹底清潔物件上的血跡，最有效就是用漂白劑，這樣兇手就可以輕而易舉的，破壞任何殘留的血液細胞和基因。」

和在阿雪的家中沒有納米諾反應一樣，檢方的理由是，沒有檢測出血液並不能作為無罪的證據。

但是有一個問題。

檢方對阿雪的控罪是「一級謀殺」，意指是有預謀的殺人。所以單單證明阿雪是兇手並不足夠，還要證明阿雪殺死謝利是懷有預謀的。檢方先定論的，是阿雪就是買凶器的人。

翻查當年有關多倫多粉絲博覽的報導，因為《雷德林戰記》攤位賣的天價匕首，加上有消息指有海外買家，所以當年也有不少報導。其中一份報紙，就有照片拍到阿雪在購買的人群中排第一，她穿著一身巫女的裝束，卻揹著可愛的粉紅色背包，不然就像是動畫中的玲乃走出螢光幕了。報導指：

「……排第一的是一名亞裔少女，不過她拒絕受訪，也沒有回應記者的提問，所以不確定她是本地人還是來自海外的瘋狂粉絲……」

有了當天的報導照片，檢方順利將阿雪置身於粉絲博覽售賣「雷德林寶石」匕首的攤位前。

而且，根據粉絲博覽開幕前，阿雪在「ANIME」板和「涼介」的留言，當時就有關於「雷德林寶石」匕首的討論：

※ 作者：玲乃
※ 標題：「雷德林寶石」匕首
※ 時間：Mon June 2 17:35:29 2003

→ 玲乃：多倫多粉絲博覽要賣「雷德林寶石」！ 06/03 16:06
→ 涼介：我看到了，一千五百元，太貴了。 06/03 16:56
→ 玲乃：還好，我看了介紹，上面有真的碎鑽和水晶石，而且加拿大的特別版還有楓葉圖案！你記得紅葉林那一幕吧，所以加拿大版的收藏價值遠超於其他國家賣的版本。我一定會去買，可能要好幾個小時前就要去排隊了，因為我在日本的討論板看到有日本的粉絲會特地來買。 06/03 17:00
→ 涼介：有那麼誇張？你認為轉售可以賺多少？ 06/03 17:03
→ 玲乃：我才不捨得賣，不過應該可以賣雙倍價錢吧。 06/03 17:05
→ 涼介：雙倍！！我以為賣那麼貴，轉售市場應該不大。 06/03 17:10
→ 玲乃：才不，這次日本那邊的粉絲對這個很有興趣。 06/03 17:12
→ 涼介：嗯，那我也要去看看了。 06/03 17:14
→ 玲乃：那到時有機會在會場見。 06/03 17:15

※ 作者：玲乃
※ 標題：「雷德林寶石」匕首
※ 時間：Mon June 2 17:35:29 2003

→ 玲乃：涼介，你有去粉絲博覽嗎？ 07/18 11:02
→ 玲乃：涼介？ 07/18 15:05
→ 涼介：沒有，我臨時有事去不了。 07/18 20:17
→ 玲乃：那真可惜，明年希望你能去，真的很好玩。 07/18 20:20

而在粉絲博覽之後，阿雪也在討論板發文，但涼介再沒有回覆。

檢方拿著這段對話，編寫了一個在單戀中泥足深陷、被放鴿子後因愛成恨的故事——

「被告當天悉心打扮成動畫中女主角的模樣，為了在現實世界中和『涼介』見面，她心裡想，說不定這就是一段浪漫戀情的開始。然而，等著她的，是極大的失落。她一心想見的人，並沒有出現，而之後在討論區，對她也冷淡下來。」檢察官說：「陪審員請看，每一次『涼介』發文，被告都極速回覆，但是『涼介』平日並沒有立刻回覆被告。那當然了，因為當時謝利在咖啡店打工，只有在休息時間，或是偶然偷懶到隔壁的遊戲店，才利用那裡的電腦上網。而在粉絲博覽會當天之後，謝利並沒有再回覆被告，也沒有再貼文，看來對《雷德林戰記》的討論也和兩人的關係一樣，到了尾聲。只是，有人接受不了事實，既然兩人因為《雷德林戰記》開始，就以《雷德林戰記》結束吧！被告帶著被稱為『玲乃』和『涼介』的定情信物的匕首，先利用那五分鐘的空檔，將謝利誘拐上車，帶到某個地方，然後用那匕首，像是儀式一般的割斷謝利的喉嚨！」

單看法庭的文字紀錄，也可以想像得到，當時檢察官是怎樣繪聲繪影地說著這樣的一個故事，恐怕當時他還將殺人一幕演了出來，陪審團中一定有人被嚇倒了，被檢察官的表演說服。

一致的有罪裁決——全體陪審員都相信檢控方面呈上的故事——即使那是沒有證據支持、只根據有限線索穿鑿附會的故事。

安娜莉絲・吳（Annalise Eng）是約克大學的語言學教授，並曾主修英文和東亞研究。史岱絲把呈堂的「ANIME」討論串，交給吳教授進行分析。除了是英文語言學的專家，吳教授自身的亞裔背景和東亞研究學歷，也有助指出在阿雪發言中被忽略的盲點。

「可能因為英語是『玲乃』的第二語言，我們可以看到，她的用字和行文比較簡單，而且直接，沒有多餘的形容詞等，例如對粉絲博覽，她只形容『很好玩』，並沒有再多深入告訴『涼介』怎樣好玩。」

從他們的對話中，可以看得出兩人的關係嗎？

「他們發的帖子中，沒有特別私人的對話或親密的語氣。大概他們都知道，在討論區的帖子是公開的。」吳教授說：「不過他們好像也沒有約私下聯絡或轉用私訊功能，如果這討論區是他們唯一的通訊媒介的話，那根據他們的對話，他們的對話比較像一般朋友，雖然不至於到『點頭之交』（acquaintance）那麼生疏，但也算不上好朋友。你看『玲乃』寫得最長的段落，是有關匕首的資料，很明顯她是對此很有興趣的，但這也是資料性的，而不是親密朋友那種長長的對話。」

有可能因為阿雪的英語問題令她詞不達意？明明是愛慕但不能用文字表明？

「研究指出，文字只能表達大約7%的意思。」

但是那是指語言溝通吧？

「對，但即使是文字的通訊，還是有用字以外的訊息。例如標點符號，例如表情符號。不要忘記，阿雪當時是一名十六歲、熱愛東洋文化的少女，早在九十年代，日本少女利用手機傳簡訊已經有一套非常完整的用語系統。即使是用英語，雖然對方可能不明白，但是也不可能完全抹走她的習慣。」

另外吳教授還提出一個檢方和辯方都沒有仔細調查的事。阿雪的發言中提到她在「日本的討論板」看到有日本的粉絲會到加拿大買匕首。這表示，除了「ANIME」外，阿雪還活躍於其他討論板。

史岱絲深入調查，找到了阿雪說的日本討論板的封存備份。和吳教授說的一致，因為阿雪不大懂日語，所以阿雪在那討論板只使用簡單的英語和漢字，但和某幾個使用英語回覆她的網民交談時，她用了大量的表情符號、心形符號等等。

既然對「涼介」並沒有愛情的感覺，又如何有「因愛成恨」的殺人動機？

史岱絲把這些列印出來，交給林律師，並詢問他為何沒有用這作為證據。

林律師看著列印文件看了很久，又看一看鏡頭，再低頭看那份列印資料。

「要知道，在二〇〇三年，資訊不如現在那麼容易找到。」林律師嘆了口氣，「現在你只要在手機按幾下，或是上 Google 搜尋，不消幾秒就可以找到大量訊息。可是，二〇〇三年，Google 還是一家很年輕的公司，iPhone 要在四年後才面世。我想說的是，作為辯方律師，我會很依賴當事人給我的資訊，不可能漫無方向的去調查。如果她沒有提出她在其他討論區也有差不多的活動，我是不會知道，也不會懂得去查。當年我的團隊，主力在攻打檢方關於阿雪擁有的匕首就是凶器這一點。」

首先是阿雪的匕首沒有血液反應這方面，雖然檢方強詞奪理說沒有反應不等於那不是凶器，但林律師也反駁，沒有血液反應也表示匕首也有可能真的不是凶器。

第二點，是阿雪的匕首並不是「唯一」的一把。

這種款式的匕首一共有一百把，而且是在案發大約一個月前在多倫多出售，那是距離福維爾只有百多公里的地方，如果某人買了匕首，也只需兩個小時的車程，便可以到達福維爾，沒有人可以排除這個可能性。

「匕首開售的時候，發生了小插曲。」林律師說：「因為粉絲對匕首充滿期待，甚至有海外粉絲出高價請人排隊去買，未開售已炒高賣價，所以當天輪候買匕首的人非常多，為免有專業的炒家趁機囤貨，主辦單位臨時決定，每人限買一把匕首，這一度引起一些排隊的人鼓噪，但反而暴露了自己是炒家的身分，被真正的粉絲指罵。」

「所以，明明是簡單的推論：凶器理論上應該有血液反應，阿雪只有一把匕首，而她的匕首沒有血液反應，所以她的匕首不是凶器。憑這兩點，就足以構成『合理懷疑』。」林律師苦笑，「我當時是這麼以為的。」

可是對陪審員來說，單提出這兩點質疑明顯還不足夠。

「不能無止境的假設吧。」摩根‧華盛頓（Morgan Washington）說，他是陪審團主席，「這情況就像在搶劫犯身上搜出贓物。當然他被栽贓的可能性是存在的，但是，在沒有證據支持下，這也只是一個可能性，但卻是在鐘形曲線的兩端。照他們的邏輯，豈不是全地球的人也有可能？」說著他用手指在半空畫著一條鐘形曲線，「要構成『合理懷疑』，我們要求的，是在鐘形曲線的中間位置。」

那是？

「找到真正的凶器——如果被告擁有的匕首真的不是行凶那把的話。不，不用找到匕首，只要有其他鎮上的人都有去那甚麼粉絲博覽，我也會讓這有利之點歸那女孩。」

所以對於凶器，林律師有個美麗的誤會。他以為陪審員、或是一般人，聽到他提出的兩個疑點，都會對阿雪擁有的匕首是否凶器產生懷疑。但是他沒有想到，陪審團對「合理懷疑」的定義更加嚴格。

「被告堅稱她的匕首並不是殺死謝利的凶器，警方有沒有採納她的證詞？」史岱絲問勒可警長。

「我們當然有考慮過，畢竟那並不是獨一無二的匕首。」勒可說。

那有沒有去找尋那可能是真正凶器的匕首？

勒可愣了一下，側一側頭，雙眼稍微瞪大了一點。他的表情像是在說：「有這個必要嗎？」

「唔……我說的考慮，並不包括真的去找那『可能』、或是『根本不存在』的另一把匕首。而且要記著，我們徵詢過檢察官的意見的。而事實也證明，陪審團是一致決定，沒有那個需要。」

所以警方沒有去找那可能存在的另一把匕首。

林律師沒有去找真正的凶器。

檢察方面更不用說。

沒有一方，親自去尋找證據，確認或排除這個「懷疑」。

DOC

製作團隊開會時，史岱絲提出一個想法：將那「真正的」凶器找出來。然而這個提議，差點將製作團隊推向前所未有的危機！為了拍攝製作花絮而放在會議室的攝影機，卻意外地拍下了製作團隊爭論的場面。一般的紀錄片，大家看到的是最後的成果，但是我們決定將工作進行當中的爭辯也揭露給觀眾看，讓大家知道，追求真相的道路，並不容易。

「如果說有『真正的』凶器，那豈不是說我們製作團隊的立場，是認為阿雪是無罪的嗎？」

「唏，你終於在狀況內了？不然你認為這個節目是在做甚麼？」

「喂，這是一個認真的紀錄片，我們尋找真相。我們不偏袒任何一方。」

「真相是誰決定的？在司法制度下，裁決就是真相不是嗎？十二個人抱著相同的想法，那不是真相嗎？」

「這正是制度的漏洞，我們不就是要揭開那漏洞，讓公眾好好去思考現在的制度嗎？」

「如果是要尋找真相，就要兩邊都持平的講。」

「到現在為止，我們看到福維爾警察所做的、檢方的論據、鎮上的人對阿雪先入為主的看法，我們真的能說制度是公平可靠嗎？只是機械式的每邊五十五十的報導，就是公平，就是我們要給觀眾看的真相嗎？」史岱絲走到會議室的白板前，上面貼滿了事件關係人的照片與滿滿的資料，不說還以為這裡是警方的搜查總部。

她看著白板上的資料，再轉過頭看著她團隊的每一個人說：「五十五十是公平，但不是公義。」

就這樣，本來只是一項行動的提議，差點動搖了團隊每一個人，對這項計劃的使命。

後來經過幾星期的討論，團隊終於達成共識。

DOC

我們決定尋找那「可能存在」的匕首。

這個國家的司法制度像加法，將所有證據加起來，直到一個點，可以在沒有「合理懷疑」下定罪。

作為媒體，作為正式司法體制外被民眾賦予一定信賴的機構，史岱絲認為我們更要提供體制外的可能性。

我們用的是減法。

製作團隊無法百分百肯定阿雪的匕首是不是凶器，我們能做的，是排除另外九十九把是凶器的可能。要達到這個目標，先要把這九十九把匕首找出來。

可幸的是我們不是在二〇〇三年，要追蹤這九十九把匕首，比想像中容易得多。雖然不是像買賣名錶那樣將每一隻的買家都逐一記錄下來，而且當天有不少人是以現金購買的，並沒留下任何電子交易紀錄，但幸好有一個容易追蹤的群體——《雷德林戰記》粉絲團。而且經過製作團隊再三請求，終於說服了全球最多《雷德林戰記》粉絲追蹤者的推特（Twitter）帳戶，答應發一篇推特，追尋匕首的下落。雖然帳戶管理員知道製作團隊的來意，但雙方明白，萬一其中一名匕首擁有者是真兇的話，那一定會打草驚蛇，所以表面上，那個推特只是為了追蹤一百把匕首的下落。

經過了一個多星期粉絲們的轉發，甚至被日本的媒體報導，製作團隊獲得了不少資訊。

九十九把匕首中，有十一把是當天被日本的粉絲買下，在案發前已被帶回日本，所以應該並無嫌疑；另外有十五把是在粉絲博覽後，通過網路交易售賣到日本；二十四把在美國；十二把在歐洲；三十七把在加拿大各處，當中二十三把在多倫多。

調查到這一步，製作團隊面對一個難題：應該直接聯絡那二十三名在多倫多的收藏家，還是暗地調查他們？

最後，我們決定，先聯絡這二十三人，但是製作團隊編了一個故事，由史岱絲偽裝成某年輕科技新貴的助手，說老闆當年為了創業的資金，賣了收藏品的匕首，現在有錢了，想找回少年回憶，並願意出高價買回當年賣掉的匕首，不過前提是，要確定真的是當年他賣掉的那把。

對於兇手，製作團隊有兩個假設：一、兇手是第一手收藏家，殺人後他仍收藏著匕首；二、兇手為了將凶器脫手，在案發後已經賣掉匕首。

史岱絲的任務，就是要在聯絡這些人時，找出線索。如果確定對方是第一手買家，就套話問他/她大停電當天人在哪裡。如果是案發後才買下匕首的，則盡可能追蹤前任擁有人的資料。

出乎意料之外，二十三人中，只有六人是第一手買家。偽裝買家的史岱絲特意談起二〇〇三年大停電的事。由於當年差不多整個安大略省也受影響，大家都記得當時在做甚麼。

「當時我在市中心上班。」

「那天休假，本來在家中睡午覺，但被外面的騷動吵醒，那時還不知道事態嚴重。」

「當時在上班，剛巧在電梯內，突然降到地面，才知道那是電梯在停電時的設定，嚇得我還以為要掉下去。」

「在度假屋裡……」度假屋？福維爾就是在度假勝地附近，**「不，在班芙（Banff）。休假旅行兩個星期，回家發現整個冰箱都是水。」**

「在上班啊，弄到凌晨才回到家。」

「在駕車回大學途中，那天正搬回去宿舍。」在駕車？哪所大學？**「西安大略大學。」**那在（安省）

倫敦市，和福維爾是相反方向。

看來這六人都不在福維爾鎮，但史岱絲說她無法判定他們當中有沒有人說謊。面對二手收藏家，遇到的困難更大。有些擁有者已經過世，現在的擁有者只是承繼人，對匕首的來歷一無所知；有些能說出是在哪裡買下的，但大部分都是在網上買的，因為價值不菲，所以多是面交，當中有男有女，但也因為是很久以前的事，沒有人記得對方的樣貌。而且，他們也不確定對方是不是第一手買家，還是跟自己一樣，是從別處買來。

所以，當初製作團隊一股衝勁的追尋那把「可能存在」的另一把匕首，現在陷入了死胡同中。以團隊的資源，是不可能徹底追查的，因為根本還沒算進後來被賣到國外的那些。

不過，就在這個時候，卻傳來意想不到的消息。

也許以為遇上志同道合的朋友，也有可能為了認識「年輕的科技新貴」，其中一名第一手買家寄了好幾封電郵給喬裝成助手的史岱絲，其中一封還附上幾張在粉絲博覽會當天拍的照片。

我們在其中一張照片，發現了一張熟悉的臉孔。

那是一張大合照，在正中央有五個男生，其中一人是那名第一手買家，他們都拿著剛買到的匕首，擺出有型有款的戰士姿勢，其中一人更穿著涼介造型的服裝。看來是和阿雪一樣，特地排隊去買「雷德林寶石」的超級粉絲，興奮地和戰利品合照的情景。而在他們後面，是人來人往的粉絲博覽人潮。其中一人，剛好看向鏡頭。

這個人，是謝利。

二〇〇三年七月十七日，謝利缺席了美式足球隊的練習。這照片證明了，他去了多倫多粉絲博覽會。可是，在「ANIME」討論板，他不是對阿雪說他臨時有事，所以沒有去嗎？但為何他會出現在會場？又為何要對阿雪說謊？更重要的是，阿雪知不知道謝利當天有去粉絲博覽會？

如果檢方的假設是對的，阿雪一早便知道在「ANIME」板上和她聊得很投契的，就是校內的萬人迷謝利，她抱著期待，希望在粉絲博覽會那天和他相認，可是，雖然在會場看見謝利，他們卻沒有相認，而謝利還在事後撒謊說自己沒有去。

阿雪會怎樣想？

檢視過這案件中那麼多疑點，製作團隊感到，好像又回到最初——阿雪是因為感到被謝利背叛而動了殺機。

照片中的謝利，是那樣不經意的看著鏡頭。當時他在想甚麼？是怕來粉絲博覽會的證據被記下來，揭示了他缺席練習而來了這裡？是怕給阿雪發現自己？為甚麼他要瞞著身邊所有人來粉絲博覽會？

謝利．雷拿，究竟你隱藏著甚麼不可告人的秘密？

下星期的最後一集，我們會給觀眾帶來一波震撼的真相！星級法證專家哈莉亞．李博士，抽絲剝繭的剖析驗屍報告後，提供了足以動搖陪審員的推論！而法庭內，陪審團房間的大門背後，還有甚麼不為人知的疑惑？

You Tube ▶ 格蘭頻道 — 第4集 — 觀看次數：5962次 — 首播日期：2019年8月24日 — 👍 933 — 👎 310

4.2 格蘭 YOUTUBE 頻道——回應《不白之冤》

GLEN'S YOUTUBE CHANNEL

第四集 | #4 | 訂閱

各位好！歡迎來到【格蘭的 YouTube 頻道】，這裡是我製作關於紀錄影集《不白之冤》的一些觀點。如果你是第一次觀看我的頻道，請你先看完《不白之冤》，電視台的網頁可以重溫過去影片。而我之前的影片，可以在我頻道的首頁找到。當然，如果你不看也可以，只是我不知道你會否明白我接下來要說的。在我忘記之前，如果你看完我的影片又喜歡的話，除了按「讚」外，也請「訂閱」我的頻道，還有不要忘記按旁邊這個「鈴鐺」符號，這樣我有新影片時，你便會立刻收到通知。

***

好！進入正題，如果大家看了最新一集的《不白之冤》，就知道經過一連串獵巫般的懷疑其他人後，電視台這次回到證物——就是那匕首身上。不過在講匕首之前，大家也看到了，在我旁邊有一位美女。

「哈哈，我還以為你不會介紹我。」在我旁邊的亞裔女孩笑著說，並撥了一下她的黑長髮。

不會啦，這位美女是花花。是我在福維爾大學的同學，和一事無成的我不同，她正在唸碩士。花花你是香……港，香港是吧，香港人。

「對，我十七歲從香港移民到多倫多。」

對了，花花也有一個 YouTube 頻道，不過好像是中文的……

「對，是給香港人看的、講日常英語的頻道，所以訂閱你頻道的人好像不太會看……哈哈。」

為甚麼要請花花來呢？在最新一集的《不白之冤》，電視台請了個甚麼語言學家去分析阿雪和謝利在「ANIME」板的對話。我請來和阿雪一樣的香港移民花花，不但為我們拆解阿雪在「ANIME」板的秘密，還有她在網誌用中文寫的少．女．心．事。

話說我本來是單靠 Google 翻譯的，但那當然不行，我請大學裡的中國留學生同學幫我，沒想到他們說網誌的中文是繁體字，叫我問香港或是台灣來的學生。這對我來說是異乎尋常的，明明你們聊天好像是用同一種語言，但所用的文字卻又是完全不同？

「對，香港和台灣用的是繁體字，但中國用的是簡體字。也不是完全不同，其實也大概看得懂……」

總之最後我找到花花幫我看。花花，剩下的交給你了。

「這好像是日記吧，還沒有臉書、Instagram 和 Snapchat 的年代，年輕人用網誌寫下日常的事。她應該不大喜歡這裡的生活吧，有好幾篇都是寫這裡很無聊、學校課堂和美劇題材跟她喜歡的完全不同、雖然她數學不好但同學的數學更爛等等。但是裡面完全沒有提到謝利，一次也沒有。至於喜歡的人嘛，應該是那個日本偶像男團其中一人了。」

是不是這個？

我給花花看一張照片，那是《不白之冤》第一集出現過的阿雪的房間照片，裡面有一張海報——就是福維爾高中舊生說「像女人的男人」。

「對，就是他們。天……當年他們好年輕呢。」花花說：「現在都是老人了，哈哈。」

是畢．彼特（Brad Pitt）那種老？

「也不是……積斯甸．添布力（Justin Timberlake）那種年紀吧。」花花笑著。

花花說阿雪的網誌只提喜歡那日本偶像，會不會是她不想在網路寫暗戀的人？

「你不懂少女心。」她說：「十六歲的少女，有喜歡的人的話，是掩飾不了的。如果現實世界中有喜歡的人的話，她們會想給別人知道，但是又不想給那個人知道……」

等等，想給人知道，但又不想給那個人知道？

我翻了個白眼，這是甚麼邏輯呀？

「暗戀嘛！那種感覺，是最美好的。網誌就是這種東西，而且她寫中文，如果那個人真的是謝利的話，又不怕他會看到。最低限度，也會用代號。所以我看她把所有的愛慕心情都給了偶像啦。」

也許我不明白亞裔女孩，已經十六歲，喜歡一個人，就大大方方問「嘿，要不要去喝杯咖啡？」嘛。

「亞裔女生不會這樣直接，會嚇跑男生的。一般會先暗示那個男生，然後等那個男生表白，才開始約會。」

那樣不是順序對調了嗎？

不是應該先約會才知道能不能相處、有沒有化學作用，才有「心意」去表明嗎？

難怪我在大學時都沒能約到亞裔女孩。

「亞裔的男女交往認真得多，表明心意這行動是分水嶺，之前一般都不會走得太近，之後的才算是約會，沒有那種看看合不合得來的約會。」花花說。

既然阿雪的網誌沒有提到謝利，那「ANIME」討論板呢？

除了在《不白之冤》節目中公開了的那些節錄之外，「玲乃」和「涼介」還有不少對話，雖然電視台請來了甚麼語言學專家，但是那個專家好像沒有看完「ANIME」板所有的討論串。因為，我找到一個當中有比較少動漫、比較多閒聊的討論串，不知道那個語言學家沒有看到？還是因為只有這麼一段，對整體分析並不重要？

以下就讓我在這裡分享這一段，那大家可以自行判斷，究竟阿雪和謝利之間，有沒有任何戀愛的情感？

※ 作者：玲乃
※ 標題：莎士比亞改編動漫
※ 時間：Mon Jan 8 16:12:28 2003

→ 玲乃：為甚麼沒有動漫版的莎士比亞？讀原文太難懂了！ 01/08 16:12
→ 涼介：直接改編應該沒有吧。 01/08 16:32
→ 玲乃：真的有改編？ 01/08 16:33
→ 涼介：莎士比亞都是經典橋段，家族世仇相愛、爾虞我詐、復仇，《雷德林戰記》也可以說是《哈姆雷特》的變奏，都是「王子復仇」的橋段。 01/08 16:40
→ 玲乃：但是《雷德林戰記》好看太多了……我也只是說說而已，正在溫習英文。如果考的是《雷德林戰記》，我一定會考高分的。 01/08 16:46
→ 涼介：對喔，現在是期末考。你英文老師是誰？ 01/08 16:58
→ 玲乃：華特太太。 01/08 17:03
→ 涼介：你走運，她人很好。你在學哪本莎士比亞？ 01/08 17:06
→ 玲乃：《羅密歐與茱麗葉》。 01/08 17:08
→ 涼介：那很容易嘛。 01/08 17:11
→ 玲乃：容易個鬼！ 01/08 17:13
→ 涼介：真的！比起《奧賽羅》，《羅密歐與茱麗葉》的故事一點也不複雜，那麼有名的故事，不然看《高氏筆記》了解故事就可以啦！ 01/08 17:18
→ 玲乃：甚麼是《高氏筆記》？ 01/08 17:22
→ 涼介：你竟然不知道《高氏筆記》？那可是我們學生的救命秘笈！一本薄薄的簡略版本，所有要學的莎士比亞故事都有，就是用日常英語寫的故事簡介。 01/08 17:30
→ 玲乃：你說可以買？ 01/08 17:32
→ 涼介：你知道高氏書店吧？購物商場裡都有的，就是同一個名字的高氏，一般都是一整個書櫃都是，有文學名著的，連其他學科的筆記也有，但是我覺 01/08 17:43

得莎士比亞的最有用。

→ 玲乃：好，那我明天去看看，謝謝你告訴我。 01/08 17:47

→ 涼介：如果想省點錢的話，也可以去圖書館借。 01/08 17:55

→ 玲乃：去圖書館借太麻煩，我還是去買好了。 01/08 18:01

這個帖是案發前差不多七個月前由阿雪貼的，看來是期末考溫習辛苦，上網發洩一下。這也大概是他倆最離題的聊天了，除了「涼介」說「《雷德林戰記》也算是《哈姆雷特》的變奏」外，整個討論串和《雷德林戰記》沒有半點關係。「涼介」說的《高氏筆記》，真是高中生恩物，我也用過，謝利當然也用過，當年他用過的《高氏筆記》，還完好的在他房間內。不過我有點意外，雖然這樣說很先入為主，但我以前真的完全沒有想過，身為美式足球員的謝利，會對莎士比亞有一番見解，能說出「《哈姆雷特》的變奏」這樣的話。我不是看不起美式足球員，只是在我對謝利短短的回憶中，好像真的沒有看過他在用功溫習，不然也不會發生懷疑他抄襲珍娜論文的事件吧。

看到「涼介」在討論串中教「玲乃」怎樣利用《高氏筆記》做溫習的捷徑，我不禁想，「涼介」的行動在「玲乃」看來，會不會讓她誤會？「涼介」的幫忙會不會令「玲乃」覺得「涼介」很溫柔，因而開始仰慕「涼介」？

不過花花的一句話就把這個想法擊落。

「即使撇除文化差異，這兩個人完全沒有要更進一步的意思。」她說：「如果其中一方有意思的話，也會說要借《高氏筆記》給對方，或是問對方借吧？但你看，『涼介』只說哪裡有賣或叫她去圖書館借，『玲乃』也只說去買而沒有試著問

『涼介』借，兩個人都沒有想找個藉口見面。」

就連她那句「謝謝」也顯得只是禮貌性回覆而令人覺得冷淡。

「哈哈，《高氏筆記》……好懷念。」花花笑著說。

對了，說起「ANIME」板，檢察方面不是說過，在謝利遇害後，阿雪「剛巧」沒有回覆「涼介」的帖文，就像知道「涼介」不會回覆那樣。以下就是那一個帖：

※ 作者：涼介
※ 標題：雷德林寶石
※ 時間：Mon Aug 13 19:03:10 2003

→涼介：	究竟有多少人買「雷德林寶石」是真的為了收藏的？大家都是為了炒賣吧。	08/13 19:03
→玲乃：	我是買來收藏的，我已經把它裱裝在盒子裡，放在書房當裝飾。	08/13 19:08
→涼介：	太貴了，只不過是動畫裡的東西而已，小孩子怎麼負擔得起那種收藏品。	08/13 19:13
→玲乃：	其實《雷德林戰記》的目標觀眾並不是小孩子，有說故事中的貴族間的鬥爭有很多政治意味，所以聽說其實是更適合二十五到四十歲的族群。	08/13 19:16
→玲乃：	而且貴的收藏品也只有「雷德林寶石」，剛好是一百集嘛。他們也有其他價錢很平民化的商品，都說匕首上面的是真鑽石和水晶。	08/13 19:18
→涼介：	太貴了，根本就是罪惡！這個東西一出，人性的貪婪都出來了不是嗎？	08/13 19:24

我曾經聽過一些女孩子說，和男孩子互通短訊，不能當最後一個傳訊息的人，就像我媽那個年代要男孩等女孩一樣，都是要女孩使出欲擒故縱的伎倆。不過在「玲乃」和「涼介」的討論串中，很多時候「玲乃」都是最後貼文的那個，只除了上面那個，「涼介」貼文後，玲乃就沒有再聊下去。

據說當天檢察官有提出質疑，為甚麼阿雪沒有回覆？難道是覺得涼介不會看到？

我翻閱了法庭紀錄——對，我從來沒有想過會做這種看一大堆文件的事——裡面阿雪說剛好到了晚飯時間，因為她母親第二天要到多倫多，所以當天沒有做飯，母女倆外出吃飯。因為晚飯後回到家已經很晚，阿雪完全忘了那個討論串，而且她認為也不是甚麼重要的事，不然她會記得回覆。

那是智能手機發明前的時代，人們還有需要電腦才能連線的煩惱。

「才不是甚麼欲擒故縱。」花花不屑的說：「很明顯啊，就只是兩個網友閒聊的程度。從『玲乃』的回覆，看出她在意匕首被看成斂財工具，多於關心為甚麼『涼介』在發脾氣。」

「涼介」在發脾氣？

「是呀，看來他對匕首的價錢很不滿。所以『玲乃』才會懶得回覆他吧，反正他也只是在發悶氣，根本沒興趣和『玲乃』聊下去。如果『玲乃』真的喜歡他的話，應該會說一些關心的話。」

現在回看又真是有點那樣的感覺，而且匕首是七月的時候開售的，早在六月的時候「玲乃」和「涼介」已經討論過匕首價錢的問題，為甚麼八月的時候又再提起？中間發生了甚麼事？

***

大家好，對——剛剛送走花花，感謝她為阿雪和謝利在網絡上的感情糾紛提供了作為女生的寶貴意見。我也不好意思在她忙碌的日程中多霸佔她的時間。

說回匕首。Reddit 上的一些討論串，也有人發起了追蹤那一百把匕首，還架了一個網頁。我到過那個網頁，基本上就是一個列表，上面羅列了一百把匕首，先從現在的擁有人開始，那人會提供是在哪裡買、跟誰買，並且會聯絡那個賣家，那個賣家也會在網站上做同樣的事，一直追蹤到在粉絲博覽買的第一手買家為止。在網頁顯示，在加拿大的三十七把，大部分現在的擁有人都已經找到，已經追蹤到了之前幾個賣家，有些懂日文的網民，主動在日本的討論板和推特「尋人」，追蹤到一些在日本的匕首，連一些在歐洲和美國的，也有加拿大的賣家確認了，所以現在只待填滿所有的賣家鏈。電視台因為時間播出的限制，無法在限期內完成所有追蹤，不過集合了網民的力量，看來要追蹤到全都匕首的買賣歷史，只是時間問題。

除了追蹤匕首外，網絡上還有要求重審的聲音。不少網民說，在完全沒有科學鑑識的證據下入罪，包括阿雪的家、車和匕首都沒有血液反應；而所謂的「證人」，沒有一人真正看到謝利上了阿雪的車；而鎮上還有其他比阿雪更有動機殺謝利的人。有些有法律背景的網民，在討論板上提出了不少法律上的選項，以及阿雪可以做的，例如上訴，因為她好像還沒耗盡她的上訴可能；也有一些好像是律師的，說法官沒有好好引導陪審員，讓他們徹底理解「合理懷疑」的意思，這應該會是很好的上訴理由。

我花了不少時間看這些討論，因為……對我很療癒。只有看這些討論，才令我知道，原來世界上，還真的有人對阿雪是否有罪感到懷疑，我才能肯定我不是瘋子。在福維爾鎮上，所有人，包括我爸媽，都認為阿雪是兇手，他們認為那些疑點，全是電視台譁眾取寵的手段。

我曾將所有的疑點整理得好一些，盡量使用中立的詞語，和爸媽討論過，希望讓他們也知道我的想法。

可是爸媽都不理解，他們覺得我看太多網上那些激烈的言論，覺得我上福維爾大學，接觸太多外人，不知不覺接受了外人的想法，被他們「洗腦」了，將謝利有多疼我、鎮上的人的情誼都忘光光。我實在不知道怎樣回應，那年我考上大學的時候，他們不是很高興的嗎？大學不是教人如何思考嗎？我有甚麼錯？難道付了那麼多學費，他們想我還是像《不白之冤》採訪那些陪審員那樣，連基本的思考也沒有，只是抱著老一輩那臣服權威，盲目相信檢方的理論，即使那些理論根本站不住腳？

鎮上還有些人去找我爸媽，問我是不是收了電視台錢，才會去拍這些影片，不然為甚麼會懷疑阿雪不是真兇？

天！這就是福維爾，即使我們地理上很接近多倫多這個大城市，即使這裡已經設置大學，但是鎮上的人，心態和十六年前沒兩樣。當發生了他們不能理解的事時，他們就只會退到他們可以想像和理解的舒適地帶：謝利被殺了，一定是外人做的，因為他們無法想像自己認識的人會犯下那麼恐怖的罪行。格蘭拍片質疑阿雪是不是真兇？他一定是收了錢，不然為甚麼他會這樣做？

我之所以拍片說這些，因為我是真的懷疑呀！

反過來，我不明白我爸媽和鎮上的人，十六年來，阿雪一直堅持沒有殺人，為甚麼他們可從來沒有懷疑過，哪怕只是百分之零點零零零一的可能性，阿雪可能是在說真話？加上《不白之冤》裡提出的，加起來真的一丁點懷疑也沒有？現在說的是殺人，我們的立場應該和檢察官和阿雪的律師不同，他們的目的是打贏官司，可是我們要的是真相不是嗎？雖然我覺得檢察官也是應該尋找真相彰顯公義，而不是執著輸贏，我們不是要隨便找個人承擔罪責，而是要真正殺死謝利的那個人負上應負的責任，如果他們抓錯人的話，那不表示真兇還在逍遙法外嗎？單單是那百分之零點零零零一的可能性，就讓我很不安了。

難道因為我沒有太多和謝利一起的回憶，我才能像一個外人一樣，說著甚麼「寧縱無枉」、「程序公義」那麼理想化的話？對我爸媽來說，讓事件結束、謝利入土為安，比知道真相重要？

我爸媽和鎮上大多數的長輩一樣，他們幾十年來習慣鎮上平靜的生活，福維爾有著小鎮的清幽，但離大城市多倫多那麼近，令我們鎮也不至於完全是鄉下地方，鎮上的人也會看輕更鄉郊的地方，說人家落後。然而他們只是剛巧生在福維爾罷了，這裡的房價不像多倫多誇張，經濟環境又不如其他小鎮那麼差，所以他們能舒舒服服的在這裡生活。

但是謝利的命案破壞了這一切。

他們害怕他們的「福維爾夢」被戳破，害怕知道原來福維爾也有可怕的罪案，害怕知道原來他們和鎮上每個人並非都是互相了解的好朋友。所以當警方逮捕了阿雪，他們都如釋重負，寧願相信阿雪是兇手，不用調查那麼多，甚麼疑點不用理會，只求快快把阿雪定罪送進牢房。這樣他們就可以回到「以前的福維爾」。但是他們好像沒有想過，如果阿雪不是真兇，那麼這樣並沒有解決問題，福維爾還是存在著一個殺人兇手；更甚者，是這個人還在逍遙法外！那福維爾根本就沒有「回到以前那樣」。

而且，為甚麼要「回去」？為甚麼不選擇向前走？

在這件事上，我和爸媽就像是在兩條平行線上，完全沒有交叉點，無法達成任何共識或理解。他們也只是覺得我莫名其妙、不可理喻，他們以為已經知道事實的全部，無論我說甚麼他們都聽不進去。

所以，上網看這些人和我有著同樣的疑惑，集合眾人的力量，希望找出被人忽略的真相，透過這個微小的頻道表達我的看法，成為了我重要的支柱。

說回匕首，在看最新一集的《不白之冤》時，我注意到，警方找到阿雪放在書房的匕首，它給放在一個透明盒子中的，很明顯那是作為某種裝飾擺設用的。我的問題有兩個，第一，還是回到最基本的問題，為甚麼阿雪要用匕首，而且是那麼昂貴的匕首去殺謝利？我看了《雷德林戰記》，對，二百二十集全看完，裡面有大大小小的戰役、決鬥和暗殺，有趣的是，「雷德林寶石」匕首，在整套《雷德林戰記》中，並沒有用來殺過人，它是雷德林正統領導人的標記、它是自古以來由神龍保管的寶物、它是勇者的證明，而最重要的，它也是涼介和玲乃的訂情信物，但它從來就不是殺人凶器。

在《雷德林戰記》中，因為玲乃是巫女，她曾經用符咒和聖水殺死妖魔，而以武力殺敵的，是涼介的工作。如果真的如檢察官說的，阿雪要用兩人結識的《雷德林戰記》中的物件結束這段沒有結果的苦戀，用匕首殺人反而不合理。她應該以「聖水」毒死謝利，再在他額上貼道「符咒」，這才是玲乃的方式。就像……推理小說裡面的甚麼「比擬殺人」，一些犯罪紀錄片也說，女性力量不及男性，因而常以毒殺為殺人手法。

即使不執著於要使用配合《雷德林戰記》的手法，那就更沒理由用匕首殺人。雖然阿雪有錢，可是那始終是一把價值一千五百元、炒賣價兩倍以上的收藏品！為甚麼阿雪會執著將那麼貴重的珍藏品帶出去，還要用來殺人？要預謀殺人的話，既然檢方說阿雪是在家殺人的，那拿家裡的刀子不是更方便嗎？如果說她執著於使用《雷德林戰記》的東西，那又回到我剛才說的，用毒才更像玲乃和女性殺人犯的模式。

第二個問題是，如果阿雪真的是檢察官說的那樣冷血變態，所以將凶器慎重其事的裱起來……

那為甚麼要抹去血跡？

如果我是變態殺手，我才不會把勳章一樣的血跡毀滅，還要破壞到連鑑識也檢測不到的程度。如果我是兇手，既然膽敢將凶器匕首當藝術品展示，就表示她不介意被別人看到，那又何需抹去血跡？如果阿雪是怕被人看到才抹去血跡，那又為何不將之藏起來？

除了凶器的選擇不合理外，放在透明盒子內的匕首也讓我在意。因為我覺得我好像在哪裡見過那個用透明盒子裱裝起來的匕首。

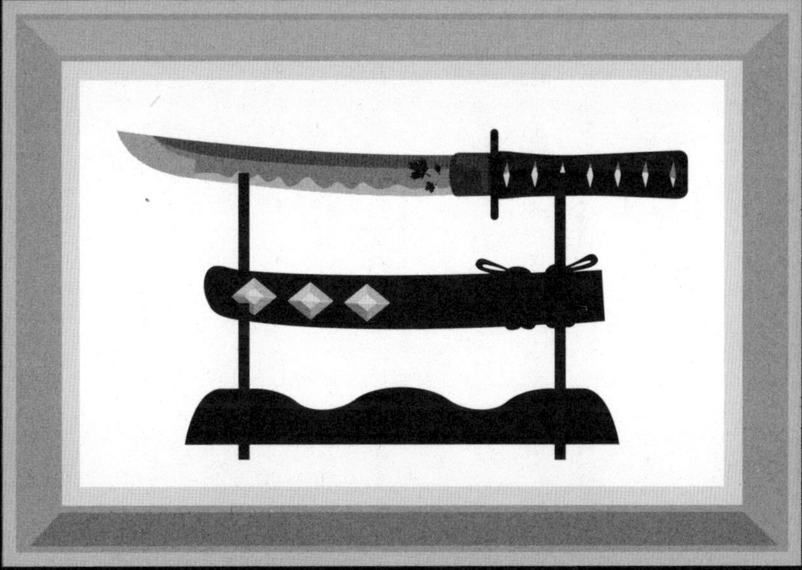

《雷德林戰記》加拿大版匕首

經過一輪回憶中的搜尋後，我想到了。

我曾經在阿雪的網誌中，看到那個盒子。因為《不白之冤》第一集提過阿雪網誌有她房間的照片，所以我上網找到那網誌，並下載了備份，打算看看有沒有關於謝利的線索。我找回那備份的 html 檔，就是這圖，在七月二十日的網誌，她貼出匕首被裝裱在透明盒子的照片。她的網誌是用中文寫，花花給我翻譯說就是在講她終於入手匕首了。

請留意，這是七月二十日的網誌，她買了匕首三天後，就把匕首裝裱好，展示在書房中。

看到嗎？

七月二十日，匕首已經在盒子裡。而且在八月十三日的討論中，她也對「涼介」說了，她把匕首裝在盒子裡。

當然，如果你相信檢察官的話，「涼介」對「玲乃」日趨冷淡，阿雪受不了這種對待，決定要殺了謝利——以一個浪漫得像只會出現在動畫中的情節——以動畫《雷德林戰記》裡的訂情信物「雷德林寶石」匕首殺死他。不過在這之前，阿雪要先把匕首從裝裱好、密封的盒子拿出來，殺死了謝利後，用漂白劑清潔好，再重新裝裱回盒子內。

不是太麻煩了嗎？

網民在追蹤每一把匕首，我相信找到那把用為凶器的匕首，只是時間問題，只要填滿了每一層賣家的地點，就可以大概篩出可疑的人做進一步調查。

我現在要做一個大膽的假設——

謝利的確在粉絲博覽會當天買了一把匕首。

我會這樣說，是因為《不白之冤》製作團隊收到的那照片，拍到當天謝利在現場。七月十七日那天，正是他缺席了美式足球隊暑期練習的日子，所以他那天是蹺掉練習去粉絲博覽會的。而且，他不是提走了銀行裡的一千元儲蓄、又問康納借了幾百塊嗎？時間上剛剛好，他那時就是需要一千五百塊來買那限量版匕首，那他當時要那麼多錢就合理了。

他最後有沒有買到？

我認為有。因為如果沒買到的話，他應該會把錢還給康納和存回銀行，所以我認為他是成功買到匕首的。

問題是，那把匕首現在在哪裡？

很明顯，是被某人拿去轉手賣了。

所以我說找出可疑賣家只是時間問題，因為那個人雖然會裝成第一手買家，不過那個人無法將匕首來源解釋清楚，甚至可能沒踏足過粉絲博覽會；而這個可疑買家，也就很有可能是殺死謝利的真兇。

當然，那個人也可能是阿雪。

不要誤會，雖然爸媽和鎮上的人以為我是和他們作對，但我從來沒有完全剔除阿雪是兇手的可能，畢竟她始終是最有機會在那「問題的五分鐘」帶走謝利的人。

既然謝利當天去了粉絲博覽會，但阿雪否認是和謝利一起去的；在「ANIME」板中「涼介」曾說「會去看看」，而「玲乃」也只是說「有機會在會場見」，所以他們應該沒有約定，而是分別各自去的。但是，他們在場內有沒有遇到？

雖然阿雪說她不知道「涼介」就是謝利，但是「ANIME」板是福維爾高中的討論板，如果在場內碰到謝利，就會想到他是「涼介」吧。

有沒有可能，阿雪在場內看到謝利而謝利沒有察覺，所以阿雪後來在討論板上問「涼介」有沒有去，他說沒有時，阿雪覺得受騙……

但如果是這樣，為甚麼阿雪之後還繼續在討論板和「涼介」聊？

而花花說，阿雪在那段期間的網誌都沒有甚麼異常，仍是一貫談很多偶像的事，完全不像有感到受騙的憤怒和傷害。除非在那段時間她一直在裝，然後等待報復的機會。

十六歲的她會做到那個地步嗎？完全隱藏了自己的情緒，只為了一句謝利說沒有去的謊言？

而謝利為甚麼去了粉絲博覽會，但又不讓阿雪知道？

如果……事情是反過來呢？「涼介」也喜歡「玲乃」，本來想買匕首來討她歡心。不過當他在會場看到原來「玲乃」竟然是阿雪，所以避而不見？

可是如果是那樣，為甚麼謝利之後還在「ANIME」板發文？

利益。

謝利買了匕首，但是小鎮高中生沒有門路販賣，所以他想靠阿雪賣給日本的粉絲，因為他聽阿雪說日本的粉絲很有興趣。阿雪替他賣了匕首，以拿賣得的錢給他為理由，在八月十四日約他見面，為了把錢拿到手，缺席練習也在所不惜。本來是約好五點在後巷見面，但是康納卻跟來後巷抽煙，幸好他要上廁所，謝利就是趁那幾分鐘的空檔上了阿雪的車。

聽起來好像很合理，但是並不能解釋我在上一個影片提出，為甚麼阿雪不在家殺人、不把屍體埋在後院了事的疑問。

那時謝利問康納借錢，是因為要買匕首，這應該沒有錯。

就動機來說，阿雪要殺人的推論還可以，不過沒有證據。客觀來說，討論板上的「玲乃」和「涼介」不像是戀人，「玲乃」也不像在暗戀「涼介」。

另外，上星期那集《不白之冤》提到農舍和要有車，還有就是其他人的不在場證明，我想了一下……

電視台都是調查他們每個人「獨立」的不在場證明。但是，如果他們當中有人是共犯呢？

我不是說他們像某些推理小說般，全體合作殺死謝利，再透過偽證和合作，讓彼此的不在場證明能夠成立。我說的是康納和麥迪遜。如果康納和麥迪遜合謀，那就有可能破解他們的不在場證明了。例如當天是麥迪遜事前約好謝利，叫他從後門進麵包店，然後她在店後面的麵包工場殺了謝利，然後將他的屍體留在那裡，再若無其事的過去咖啡店和美式足球隊的人在一起。到了深夜，康納等鄰居回去，父母都睡著後，再偷偷開車回去大街的麵包店——利用麥迪遜給他的鑰匙進去——搬走謝利的屍體並清理好。

她應該是一早在工場地板和東西上都蓋好了防水膠布，身上也穿了雨衣之類吧。

這就可以解釋，為甚麼謝利會經過麵包店。他是有甚麼事要到麵包店，可能就是約了麥迪遜，但她謊稱謝利只是經過。

為甚麼會特別在意麥迪遜和康納？

不要忘記，當時康納和麥迪遜是交往中的戀人。如果其中一人想殺謝利，另一人就很可能願意幫忙。

或者……他們同樣都想殺謝利。

麥迪遜雖然說只是利用謝利來讓康納吃醋，她和謝利甚麼也沒有。但是……如果那是謊話呢？如果麥迪遜真的和謝利有過性關係，雖然麥迪遜喜歡的是康納，但是……例如說謝利不知怎的哄了她，甚至更糟糕的，趁她喝醉乘人之危之類……那他們就有報復的理由。那麼說，「涼介」、「玲乃」、討論板那些，都和謝利的死無關。

電視台沒有提到這個，因為他們不知道麥迪遜和康納的關係，他們還以為，麥迪遜曾經和謝利有曖昧。

所以，我是應該相信麥迪遜說和謝利甚麼也沒有是真話？還是認為她在說謊，謝利真的是個會乘人之危的爛人？

另一方面，珍娜始終沒有現身，就可能的案發第一現場來說，她的家仍有嫌疑，加上她爸爸當時奇怪的行徑，我在上一集已經提過我的想法，雖然這次提出了麥迪遜和康納是共犯的可能性，但是珍娜和費沙警長仍然有嫌疑……

《不白之冤》預告說會有更震撼的真相，究竟是甚麼？只剩下一集，難道他們真的找到真兇，並會在節目中揭穿？真的是鎮上的人嗎？

巨

4.3 推論筆記 | MAKING INFERENCE

#4

合理懷疑

◉ | **合理懷疑 VS 超越合理懷疑**

◉ | **所謂「合理懷疑」(reasonable doubt),是源於十八世紀英國的法律術語,在大多數的抗辯式訴訟制度裡,這是驗證刑事罪行時必要的舉證標準。而舉證責任落於檢控的一方,並須證明其提出的主張,已「超越合理懷疑」,即是說——不能在理性自然人心目中存有任何疑點,方能判定被告有罪。**

推論

❶ | 你認為,判定阿雪就是兇手,是否存在「合理懷疑」?

☐ 否,阿雪就是真兇!
[那麼故事看到這裡你可以就此打住了;不過慢著,真的沒有甚麼可疑之處嗎?]

☐ 仍搞不懂
[那麼請繼續看故事發展吧!]

☐ 是,存在疑點!
[入罪證據根本不足?那麼繼續追查下去吧!]

❷ | 看到這裡,你又會否想修改真兇是誰嗎?

☐ 不改,維持「推論筆記 #3」的想法。

☐ 修改,真兇是:______________________

讀者筆記 | MAKING INFERENCE

005 HOW

5.1 《不白之冤》紀錄片——第五集

5.2 推論筆記——#5

5.3 格蘭 YOUTUBE 頻道——回應《不白之冤》——第五集

5.1 DOCUMENTARY "WHITE LIES" EPISODE #5

5.2 MAKING INFERENCE #5

5.3 GLEN'S YOUTUBE CHANNEL #5

那下意識的力度，和手臂當時水平的一揮，匕首剛巧劃過謝利的頸項……

005 — HOW — 【特別加長版】

★不白之冤 — 90分鐘 — 第5集 — **類型：**紀錄片、凶案追查 — **節目性質：**懸疑、推理 — 立即播放

5.1 《不白之冤》紀錄片 — DOCUMENTARY WHITE LIES

第五集 — EPISODE #5 EXTENDED EDITION

以下節目受訪者言論純屬個人意見，並不代表本台立場。

二〇〇三年八月十四日，北美東岸大停電那一天，在安大略福維爾鎮，發生了一宗冷血的殺人事件。高中美式足球隊明星謝利．雷拿，被人用一把特別的匕首劃破喉嚨，然後棄屍廢棄農舍內。他的同校同學，香港移民女生阿雪，在檢方的「人證」、「物證」的「支持」下，被陪審團一致裁定「一級謀殺」罪名成立。

然而，在過去幾集，我們看到……

所謂「動機」——

「謝利一直利用女友珍娜在功課上過關。」

「謝利和麥迪遜也只是玩玩而已。」

「暗地裡康納給謝利錢。」

謝利真的是檢方所描繪的那個完美的大男孩嗎？在他的身邊，真的沒有其他怨恨他的人嗎？

所謂「人證」——

「所有對阿雪的目擊證詞，都是來自康納、珍娜和麥迪遜。」

「康納提議去謝利打工的咖啡店。表面上是探謝利班，我想其實有點想調侃他的意味。」

「關於謝利進入麵包店的可能性，當時是有考慮過……我們並不想傳召麥迪遜作證——我們沒有信心她在庭上所說的會對我們有利……」

因為警方辦案的草率、因為法庭控辯的技術性考量，謝利在那「問題的五分鐘」去了哪裡，陪審員無法將所有的可能性通盤考慮。

所謂「物證」——

「阿雪的家中和車子都沒有納米諾反應。」

「康納家裡經營汽車買賣。」

「麥迪遜要借到車，一點也不難。康納就會借她啦！」

「珍娜爸爸駕著警車出現，並接了珍娜和她的朋友離開。」

除了阿雪以外，當時還有其他人可能用車載走謝利。而製作團隊更在珍娜舊居檢測到血跡。

所謂「凶器」——

「阿雪的匕首沒有血液反應。」

「這樣的匕首一共有一百把。」

在另外九十九把匕首的擁有人中，真的沒有可能殺死謝利的人嗎？

究竟謝利的死亡真相是甚麼？這一集，製作團隊將會帶來衝擊的真相！不過在這之前，我們先來看過去一段被隱瞞的秘史……

對於每一名「關係人」，製作組秉著公平報導的原則，都盡全力安排他們現身說法，讓他們得以講述他們自己認知的版本，讓觀眾自行判斷。但是事與願違，不是每一個人都願意再提起這宗悲劇，甚至有人已經離開了福維爾，展開了新生活，已經不想被這噩夢案件纏繞。

其中一人就是現在定居溫哥華的珍娜。十六年前，她是謝利的女朋友，父親更是福維爾鎮的警長，母親是高中老師，是鎮上的模範家庭。

不過在這模範家庭背後，也許隱藏著不為人知的黑暗秘密。

十六年前的八月十四日，也就是謝利失蹤那天，有人目擊珍娜和朋友在大街上，然後一起由巡邏完畢的警長父親接走。整晚他們一家人都在家，警長也沒有因為停電到外面幫忙。兩天後警察因命案向居民問話時，警長還是沒有出現，而珍娜則在大熱天穿長袖衫。在製作團隊的請求下，我們的檢測發現，在珍娜舊居的牆上，竟然出現血液反應……

可是珍娜一家始終沒有露面，在大家都因為這些證詞和發現而疑惑之際，製作團隊收到一封電郵，聲稱有資料提供，也許可以協助解開這個謎團。在記者和這個人見面後，認為他的資料十分有參考價值，便安排了他錄影訪問，讓他將所知道的，原原本本對觀眾再講一次。

究竟十六年前，珍娜的爸爸，為甚麼會在全鎮停電的節骨眼上留在家中？甚至連全鎮大規模問話都沒有出現？而珍娜，在她身上又發生了甚麼事？

DOC

攝影棚裡一名中年男子坐在白幕前面，鏡頭只拍到他的上半身。他戴著鴨舌帽，穿著隨意的運動上衣。

「我叫里昂（Leon），來自多倫多。曾經是一名酗酒者。」

十八年前，里昂開始有酗酒的習慣，周末出去玩時都會喝得酩酊大醉，到後來更會在寶特瓶裡裝酒帶回辦公室偷喝。

「總之就是到了無法不喝的地步。」他說：「即使明知道有重要的會議要開，還是會偷喝一兩口。」而酗酒帶來的，還有暴力的問題。

「喝了酒後，人會很亢奮，而且感知會很敏感，即使是普通的對話，在我聽來都像是放大了好多倍，也因此會令我很煩躁。」

終於，里昂在一次喝醉酒後，當著三歲的女兒面打傷了同居女友，他因為「傷人罪」被判入獄十八個月。牢獄生涯還捱得過去，但對里昂最大的打擊，是女友拿到禁制令，禁止他出獄後接近她和女兒。為了重新得到前女友的信任，十六年前出獄後，里昂入住了復康中心戒酒。

「一般都是發生了甚麼事，才有『引爆點』讓人下決心去接受復康治療。」

在那裡，他遇到一個和他經歷相近的人。

「那個人和我差不多時間入住，那裡其實有些是常客，為了得到某些好處或是甚麼原因才進去的，但我和那個人都是下了決心戒酒才進去，在裡面很容易看出誰是真心戒酒、誰是敷衍了事的，所以我和他算投契。」

「那個人說他是為了老婆和女兒而來的，可能因為我也有女兒，所以特別談得來，不過當時他女兒好像快要高中畢業了。」

「在一次分享會中，他說因為喝酒後發酒瘋，打破了酒瓶亂揮，結果傷了女兒，讓她留下很深的疤痕，他還說幸好沒有傷到臉，這件事就是他的『引爆點』，沒多久他就入住復康中心，妻子也住在附近，並常常來看他、支持他。」

面對前女友禁制令的里昂，看到這位朋友有妻子的支持，感受非常深，也因此對那個人特別有印象。不過因為隱私，通常都不會聊太多私人的事。

「畢竟有些人是偷偷來的，因為不想其他人知道自己要去復康。」

後來里昂成功戒酒，他找到一份在青年中心的工作，也結了婚生了小孩，前女友知道他的改變，漸漸也願意讓他和女兒見面——快樂的結局。

「我想那個人應該也和我一樣，因為他也有著很大的決心。」里昂一直堅信，那個人一定成功戒了酒，和妻子女兒繼續幸福地生活著，「我沒有想過，我會在電視上再次看到那個人。」

里昂口中的那個人，就是珍娜的爸爸，福維爾鎮的前警長。

「在電視看到他時，真的嚇了一跳。」他說：「原來他是警察，難怪。」

里昂憶述，當年在復康中心，費沙每天都準時六點起床，生活規律。通常入住後第二個星期最辛苦，因為第一個星期覺得一切還算新鮮，而那種新鮮感可以勉強抑制住想喝酒的慾望。可是進入第二個星期，習慣了周邊的環境後，想喝酒的感覺就會愈來愈強烈。

「當然他也有因為酒癮發作而辛苦的時候，我們都有。但他有出人意料的堅強意志力，所以我印象很深刻，某程度上也是因為他的意志鼓勵了我。」

當里昂看到《不白之冤》中，費沙被懷疑和謝利凶案有關，而且節目播出以來，他們一家一直神隱，里昂就覺得應該站出來。但礙於不想公開自己曾經酗酒的過去，遲遲沒有行動，直到看完《不白之冤》第三集後，內心驅使他站出來的感覺愈來愈強烈，而且太太也鼓勵他去做他認為對的事。

「我也明白這種節目一定有立場吧？為了收視率語不驚人誓不休。但我很明白……」里昂頓了一頓，「像我們這種人，呃，我是指我們這些復康人士，其實都不想別人知道我們進過復康中心，所以我非常明白，為甚麼他當年要隱瞞鎮上的人，自己是進復康中心，他不想讓人知道自己曾經酗酒，畢竟是受人愛戴的警長嘛。而且直到今天，既然女兒已經過著幸福的生活，就更不願提了。但是我不能眼睜睜的看著他被誣陷殺人，我明白，他不想說出真相，怕別人用有色眼鏡看他，但我也看了那個死者弟弟的影片，他之後不是滴酒不沾嗎？我覺得應該要給他討回公道。」所以里昂相信那天晚上費沙沒有現身並無可疑。

「當然！我也是過來人，我們身陷其中，是不會知道自己上癮那麼深的，我們以為自己可以自制。總會覺得，只是喝一點點而已，沒問題的。然後就是那一點點、一點點，不知不覺就喝到微醺，再一點點、一點點，就醉得不省人事。我肯定當時他的情況也是一樣，他一定是喝醉了，根本不可能出去執勤；而且我想，他說過曾經酒醉後誤傷了女兒，一定也是那一晚。那個女人不是說，珍娜在問話那天，大熱天穿長袖嗎？應該是要掩飾傷痕吧。」里昂肯定的說：「就是因為這樣，他才有戒酒的決心。還有你們做的那個甚麼血液測試，只是那點點的反應，就想說他們殺人？那可能只是他女兒受傷時濺到吧！」

史岱絲問里昂，如果當晚謝利也在場，有沒有可能是費沙醉酒後，除了傷到珍娜外，還做了更可怕的事，所以戒酒決心才這麼強？

里昂聽了問題後有點愕然，他側頭想了一會。

他沒有回答。

因為里昂的關係，我們才能對當年珍娜一家發生了甚麼事有多點了解。不過，有一個人，似乎被遺忘在歷史裡。

位於魁北克（Quebec）的祖莉葉市（Joliette），在滿地可市（Montreal）[18]東北面五十公里，市內的美術館除了有豐富的法國中世紀收藏品外，最重要的建築，還有祖莉葉女子監獄（Joliette Institution for Women）。監獄建於一九九七年，為了取代當時日漸老舊的京士頓女子監獄（Kingston Prison for Women）。二〇〇三年，該設施內的最高設防區域完工，不少重犯也被轉移到該處，包括令人聞風喪膽的連續殺人犯卡娜·荷姆加（Karla Homolka）[19]。

從京士頓被轉移到祖莉葉的，還有當時只有二十歲的夏怡君，也就是阿雪。

阿雪十六歲時，因為殺害謝利被判終身監禁，而且由於罪名是「一級謀殺」，被判入高設防的京士頓女子監獄，後來轉到祖莉葉繼續服刑。而根據本國刑法，如犯案時是十六到十七歲的，服刑十年後可申請假釋。阿雪是二〇〇四年入獄，理論上最早二〇一四年就可以申請假釋。

可是她一直都沒有提出申請。

「她家人向我諮詢過，不過有一個難處。」林律師無奈地嘆氣，並輕輕托了一下眼鏡，「要申請假釋，除了要在獄中行為良好外——而據我所知，阿雪在獄中甚至是模範囚犯，最重要的，是要表現出對所犯的罪行有悔意。但是，一直到今天，阿雪仍堅持自己是無辜的。」

事件已經過了十六年，阿雪已經為罪行坐了十五年的牢，從十六歲花樣年華的少女，到現在三十二歲，究竟是甚麼，令已經失去了人生最精彩的十六年、只差一步就可以重獲自由的阿雪，仍寧可堅持自己是無罪？究竟是甚麼，令她十六年後仍這樣堅持？

除非，她真的沒有做過。

要了解她的決定，也許要從三十二年前說起。

DOC

一九八六年十一月二十四日，在多倫多北約克全科醫院（North York General Hospital），香港商人夏宏豐的太太陳娣好，經過了二十小時的陣痛，終於誕下了一名重五磅的健康女嬰——那就是夏怡君。當時夏宏豐因為工作關係，並沒有在產房陪伴太太。夏宏豐早年在多倫多大學留學，畢業後順利申請移民，在某汽車生產商的加拿大支部擔任工程師工作了幾年後，在士嘉堡（Scarborough）經營一家小工廠，生產各種機器零件。後來一次回香港時，認識了家人的街坊陳娣好，兩人遠距交往了兩年後在香港結婚，婚後陳娣好「嫁雞隨雞」移居多倫多，兩小口生活不算非常富有，但在不少香港移民居住的北約克擁有一間小房子，平日開有點舊的二手日本車，生活算是平均之上。

夏怡君的名字是夏宏豐親自起的，「夏」這個姓，在中文是夏季的意思，夏宏豐給女兒取名「怡君」，是「開朗的人」的意思。雖然女兒在冬季出生，但畢竟姓夏，夏宏豐希望女兒能像夏天的太陽一樣開朗。

但夏宏豐對女兒的名字，還有另一層期待，為了準備下一名孩子——希望是兒子——的名字。如果之後生了兒子，就可以沿用「君」字，因為「君」字有「君王」的意思，也屬於中性的字，男女皆可用。

而陳娣好因為聽說剖腹生產不能生多過三胎，為了將來再追個兒子，她堅持順產。

在怡君一歲時，夏宏豐在香港的父親患了重病，為了照顧父親，夏宏豐決定搬回香港，並接手父親的生意。因為能力好，加上運氣，生意愈做愈大，後來還趁港人信心危機[20]時投資了不少房地產。不過他們兩夫婦也沒有再生孩子，怡君成了他們寶貝的獨生女。夏宏豐最後放棄將生意傳給兒子的想法，認為女兒好好地留學接受高等教育，將來選個好女婿，也可以傳承家業。

想到自己當年留學遇到語言適應的問題，夏宏豐在怡君小學時就開始培育她的英語能力，而為了讓她能更早適應，他更安排好，在怡君唸完中三後，便由母親陪同到多倫多升學。

本來一切進行得很順利，就在夏宏豐準備在多倫多買房的時候，因為一篇報導，改變了他們一家的命運。

那時夏宏豐讀到一篇多倫多當地報紙針對華人移民的專題報導。在九七年前後，有不少香港人移民多倫多，他們多聚居於某幾個社區，而不少移民家庭的子女已到了入大學的年齡。雖然他們高中的成績都通過入學門檻，但有不少華人學生在讀寫和英語會話溝通上有困難，而少數甚至被形容為「文盲」，估計他們高中時是靠死背，甚至作弊過關，報導也揭露了一些私立高中學店評分寬鬆的問題。

夏宏豐最後決定，不讓女兒去華人很多的多倫多，而選了落腳福維爾鎮。

之後的就是歷史。

夏宏豐以為一切都在他掌握之中，但一直以來，卻完全沒有人詢問夏怡君的想法，生意忙碌的夏宏豐好像也不大了解自己的女兒，作為母親的陳娣好，只是傳統的華人女性，雖然看穿女兒的心事，但也只能服從丈夫的安排。

據製作團隊的調查，怡君在香港時性格已經很內向，升上英中後要取英文名，本來老師想替她取配合中文名的名字例如「Joy」、「Summer」、「Sunny」等，但怡君卻要取「Snow」，即是「阿雪」，就像是暗地裡反抗著父親，不過十幾歲少女的想法，連她們自己也猜不透，更遑論外人。

和香港只以考試來定生死不同，加拿大的教育著重平均發展，平日的作業、上課時的討論，也計算在總分數之內，移民後阿雪也是成績平平，但由於陳娣妤不諳英語，也沒有出席家長日，對女兒的學業一無所知。因為英語不好，陳娣妤一直考不到駕照，平日的瑣事反而要有駕照的阿雪負責，也因此當她向母親要求買昂貴的 Mini Cooper 汽車時，是那麼的理所當然。

作為典型的華人母親，在學業上幫助不了阿雪，陳娣妤只能在起居飲食上照顧她。每周阿雪都會開車載陳娣妤到大街附近的精肉店，她會買一些有機雞肉熬湯，有機食品在二〇〇三年還沒現在那麼普及，陳娣妤只買最好最貴的東西，這在大街上的商店東主間早有所聞，而遇上測驗考試的日子，豬腦湯更是不可少，很快這對華人母女吃腦袋的事便傳遍鎮上。

不過阿雪愈來愈孤僻，只喜歡待在房間內，和母親的溝通愈來愈少。丈夫不在身邊的陳娣妤這時認識了一些住在多倫多的香港太太們，雖然自己不會開車，但她常常包車往來多倫多，主要是去打麻將，有時甚至打通宵，留下阿雪獨自在福維爾的家。

一般這樣的情況，孩子恐怕會交上壞朋友，但個性內向的阿雪，只沉醉於日本偶像團體、動漫和網絡世界，同時以多個身分，活躍於各地的聊天室和討論板。

其實阿雪也不是完全不和福維爾的人來往的，剛入學時，學校的英語老師對她便照顧有加。

「因為學校沒有其他有同樣需要的學生，福維爾高中並沒有開辦 ESL[21] 課程。」退休英文科老師希拉莉・華特（Hillary Walter）說：「阿雪來的時候是入讀第十班，但因為她的英文程度，學校要她先用第一個學期修第九班的英文課，就是在我教的英文班。」

因為只有她一名華人學生，華特對阿雪特別留意，怕她追不上。

華特說阿雪讀寫都沒有大問題，文法根底甚至比一些本地生還好，但是性格內向，很少參與課堂討論，小組功課也沒有加入任何小組，所以分數被拉低了。

「我留意到她沒有朋友，午餐都是一個人吃，所以那時我叫她午飯時間來我的課室，希望和她多溝通一下。在那種環境下，她也願意和我聊天。我趁機給她講解一些這邊的文化和習慣等等。例如十月的時候，我會跟她說感恩節的歷史，她說她媽媽不會烤火雞，但會試著請她做豐盛一點的晚餐來應節，不過好像做太多了，之後都看她帶回校做午餐。還有萬聖節，我鼓勵她和其他同學一樣，穿特色服裝回校。她說她不知道扮甚麼，我問她有沒有喜歡甚麼電影角色，她可以扮那些來。她還驚愕了一下，她以為一定要扮成鬼怪。」

華特好像不知道，阿雪最後選了她最愛的動畫人物——日本巫女玲乃，作為她萬聖節的裝扮，但卻引來同學的異樣目光。

史岱絲問華特是否認為阿雪會犯下那樣的罪行。

「那個學期她順利合格拿到學分，並在下學期修讀第十班的英文課，雖然也是我教的班，但她午飯時間就沒有再來了。我想她已經適應了吧，之後發生了甚麼事，我並不是太了解。」

製作團隊在福維爾鎮打聽了很久，雖然不乏願意談關於阿雪的事的人，但是他們說的多只是當年在高中校園所見到的，或是聽別人說的傳聞，並沒有人真的和阿雪有過交集。

除了福維爾高中，阿雪的人生裡，花最多時間應該是在監獄了。於是製作團隊又回到祖莉葉。一如所料，阿雪拒絕我們的採訪邀請，甚至連跟記者見面也不願意。後來我們明查暗訪，終於找到了一名曾經在那裡服刑的釋囚。

米歇爾（Michelle）〔假名〕二〇〇五年因為嚴重傷人罪，在祖莉葉服刑了六年，她在獄中跟阿雪有過交集。

「在那裡，我和她最年輕。我剛進去時便看見裡面很多人都欺負她，常常趁獄警看不見的時候毆打她，我看不過去幫她還手，之後她就偶爾和我聊上一兩句。」鏡頭只映著米歇爾擱在膝上的手部特寫。

「雖然她是殺人犯，但是她和裡面其他殺人犯完全不一樣，沒有那種令人覺得不寒而慄、生人勿近的感覺。她就是……那種溫室長大的小孩，她不該在那裡。」

「和她的談話嘛……也算不上……多只是我跟她說話，她答上一兩句。」

「沒有見過有家人來探望她，不過好像有寄漫畫和信來。」

在這案件中，關於阿雪的動機，大眾只有聽過檢方推斷出來的版本，她在獄中有沒有對囚友說過任何關於案件的細節？例如她為甚麼要殺害謝利、殺人的細節又是怎樣的？

「沒有，一段日子後……我想是一年多後吧，我在裡面打聽到她犯的案——因為她自己都沒有說。有一次我跟她說『你也蠻凶的嘛，人家不喜歡你，你就殺了他。』可是她竟然一下子推我到牆邊，手肘抵住我的脖子，害我差點窒息。她很小聲的在我耳邊說她沒有殺人，但那聲線令人心寒，那時候我也被她的氣勢嚇到了，我還想，溫室的小花長大了。」

「之後，有幾次裡面其他囚犯想欺負她，雖然她沒有正面還手，因為她自知身形和體力都打不過她們，不過那些人後來不知甚麼原因，就是沒有人再惹她了。她不像那些要做首領、土皇帝的女人，她只是抱著『人不犯我，我不犯人』的宗旨，只要不惹她，她就是那個孤獨安靜的孩子，但如果挑釁她的話……漸漸大家都由得她在自己的世界裡。」

「之後我跟她說可以找那些協助冤獄的志願機構，有一陣子我還看到她邊查字典邊寫信，不過好像沒有甚麼進展吧。後來我刑滿出獄也就沒有再聯絡了。」

「她一直都說，她沒有殺人。」

芳華正茂的少女，在獄中度過了十六年，本應在高中大學校園學到的社交人際關係，變成學到了監獄裡的荒野生存之道。據林律師說，阿雪的母親陳娣好，在第一次上訴被駁回後，便回到香港，夏宏豐幾年後結束了生意，靠之前買的樓房的租金，和陳娣好低調地生活。

「阿雪在獄中有聯絡過協助冤獄囚犯的機構。」林律師說：「不過後來他們好像決定不受理，他們也積壓了不少個案，不可能每一個都跟進。」

「阿雪的父母知道後，還跟我道歉，說女兒不應該這樣繞過律師找別人，好像覺得我沒有能力幫助她。但我不介意，反而覺得只要能幫到她，是誰並不重要。」

「後來阿雪服刑滿十年時，我問他們要不要申請假釋，但是阿雪的態度……我盡了力做我能做的。我明白她堅持自己沒有殺人，但是除非有重大突破點，否則已過了那麼多年，能翻案的機會只會愈來愈小。」

於是製作團隊決定要找出這個突破點。接下來，我們會為大家帶來衝擊的大發現！

哈莉亞・李博士——國際權威鑑識和法醫學專家。我們請她以一個完全獨立的眼光，重新研究謝利的驗屍報告，和相關的法庭紀錄。

「負責解剖的法醫，在這張圖上標明了死者傷口的位置。」李博士舉起一張放大的人體圖。從圖中可以看到，屍體的胸腹都沒有傷，但雙臂則有好幾道很短，但不是致命的傷痕。

「一般人被利器襲擊，手臂都會有所謂『防禦傷痕』，因為被攻擊時，人下意識地會舉起手保護頭部和臉。」李博士邊說邊示範著地舉起手到臉和頭的高度，「所以這些位置會有傷口。」她指著前臂向外的地方。

不過李博士指出，謝利手臂的傷痕和她見過的一般防禦傷痕稍微不同。

「一般遇襲時造成的防禦傷痕，都是遇襲一方面對襲擊者，而施襲者拿著凶器用力攻擊，你試著襲擊我。」李博士邊說邊穿起保護衣，並把一支沾了紅色油彩的畫筆交給站在她對面的工作人員。她請工作人員扮演施襲者，自己扮演被害人。工作人員拿著畫筆假裝成刀子，先是舉起手插下去，李博士用手臂擋了一下。工作人員被擋後退了一步，又再衝向李博士，這次他將「刀」橫向一揮，像是要劃破李博士喉嚨，這也被李博士雙臂合在臉前擋下來。最後，工作人員放棄攻擊李博士的臉和頸，而是一鼓作氣的朝她的肚腹直插，保護衣頓時沾上顏料。

李博士和製作團體一起看剛才的錄影。

「你看，」李博士將影片定格在工作人員向下插的一瞬，「他揮刀的力度和速度，雖然我用手擋著，但還是會造成一定長度的劃痕，而且劃痕會有深淺，在刀子接觸手臂的那一刻，因為力度最大，傷口也最深，因為攻擊者沒有成功的擊中要害，所以他的刀子會離開手臂，造成由深到淺的劃痕。」李博士展示著保護衣上手臂位置沾到的顏料，劃痕和她說的一致。

可是，李博士指出，從繪圖和照片來看，和解剖報告的描述，謝利手臂上的傷痕，大都是刺傷，或是很短的劃痕，而不是攻擊時造成的劃傷。

「而且，傷口的位置不是在前臂，而是更高一點、接近肩膀上臂的地方。這些不像是防禦傷痕。反倒像兩個人在爭奪刀子造成的。」

李博士再請工作人員和她一起示範，李博士這時用沾上綠色顏料的畫筆，她讓工作人員拿著畫筆，再捉著他的手，兩人互相在搶奪那「刀」。可以清楚看到，有幾次那「刀子」碰到李博士的上臂，就像解剖報告裡的圖中顯示謝利被刺傷的位置，而那並不是劃痕而是點點的形狀。

「哈哈，李博士的臂力很強呢。」瘦削的男工作人員笑說。

「我可是有做重量訓練的。」李博士裝作在舉重，「不過由此可以推斷，死者和兇手應該在力量上差不多。」

謝利和阿雪，怎樣看力量也不會差不多吧。

「如果謝利比他的施襲者強壯的話，那很容易便能搶過匕首。而毒物報告除了少量的酒精外，並沒有檢測到任何藥物，根據謝利體內的酒精含量，並不足以妨害他的精神和行動，所以當時死者是清醒的。」

也就是正面對決的話，阿雪不可能勝過謝利。謝利體內並沒有檢測到藥物，而且如果謝利當時不是清醒的話，並不會有搶匕首的情況，也就不會有傷痕。

不過謝利體內檢測到酒精，他是何時喝了酒的？

之前我們說過，謝利的胃部有糖和澱粉，也有人證明了謝利在停電前吃過甜甜圈，但是卻沒有人看到他喝酒。和食物不同，酒精只能在一定時間內才能從胃裡驗出，不然就只能靠毒物檢測，幸運的是，為了知道謝利被殺時的精神狀況，法醫進行了毒物檢測，才發現他死前喝過酒。

李博士繼續談著她的看法。

「除了體格差不多外，我認為兇手的高度也和謝利差不多。」李博士將解剖報告中的人體圖攤在桌上，「我們來看死者頸項致命的傷口，兇手應該是這樣劃破死者的喉嚨，如果兇手和死者的身高不一樣的話，那傷口會呈一個角度，但是報告指出，死者頸上的傷口，和懷疑凶器的刀刃比對後，推斷刀子當時是差不多呈水平角度劃過的。」

那如何判定兇手和謝利差不多高？

「假設我拿著刀子指向你，」李博士喚來一名身高和她差不多的工作人員，「要劃向你的頸，我的手就要舉到和肩差不多高或是高一點點。如果我比你矮很多，那我的手就要舉高成一個角度，那傷口的形狀就會是這樣。」說著，李博士將手掌擺成45度角。

謝利身高六呎三吋，阿雪的高度只有五呎二吋。可是如果謝利當時坐著，而兇手從後襲擊，猛然割斷他的喉嚨，因為是攻其不備，那體力的不對等就不是問題了吧？

「這是個很好的問題。」李博士笑著，這次她脫下了保護衣擱在椅子上，然後拿起畫筆繞到椅子後面，「照你的假設，兇手是這樣殺人。」她從後面在保護衣頸項的位置劃了一下，在上面留下一道清晰的血紅色劃痕。

那有沒有可能兇手站在較高的地方？例如樓梯台階等等。

「理論上可以，但要考慮可能性。法醫和鑑識雖然是科學，但並不能完全忽略人性。」李博士笑著，「如果當時死者和兇手站的高度不同，那死者最自然的反應應該是逃走。但因為雙方位處不同高度，兇手要追死者也比較困難，死者也更容易逃脫。」

「關於人性，我們再看剛才的影片。」李博士繼續播著錄影，屏幕映著最後工作人員決定向李博士的肚腹刺過去，「這位工作人員很進入狀況呢，將襲擊者的角色演得很好！」

鏡頭轉向本來在鏡頭外的工作人員，他尷尬地笑著。

「不過他正正在演繹著人的正常反應，」李博士指著屏幕，「這種情況下，一般襲擊者都會放棄攻擊頭部或是上半身，轉而攻擊肚腹。因為拿刀子的手可以這樣直刺進去，比舉起手往下刺要快。加上兇手可以先刺傷對方，限制他的行動和反抗能力，再慢慢殺死他。所以一般被利器襲擊而死的受害人，身上都有不只一個嚴重傷口，有時甚至有好幾處致命傷。這是因為兇手要確定受害人一定會死。」

但是謝利的肚腹並沒有任何傷口。

李博士神色凝重的盯著屏幕，一時又回去看解剖報告。製作團隊都不敢打擾她，整個攝影棚靜得可怕。

「我先聲明，我現在說的只是很粗疏的假設。」半晌後李博士對著鏡頭外的史岱絲說：「這只是一個可能性，但需要證據支持，但是如果我是檢察或是辯方律師，這初步證據足以讓我繼續調查，探索這個可能性：我認為，這可能是一宗意外事件。」

李博士指，死者肚腹沒有傷口，加上他手臂傷口的位置，可以推測兇手沒有要傷害謝利的意思。很有可能當時謝利和兇手在互相搶奪匕首，然後兇手最後搶到匕首，但那下意識的力度，和手臂當時水平的一揮，匕首剛巧劃過謝利的頸項。

「這只是單純根據解剖報告的推測。」李博士一再重申，「不過這絕對值得在法庭上問負責解剖的法醫。我認為，法醫並不能排除這個可能性。」

根據法庭紀錄，阿雪的代表律師林律師有抓住高度這一點，但是他並沒有提出意外事件這個可能性。如果是意外，那罪名就是「誤殺」而不是「一級謀殺」。

「這要看律師的經驗，因為法醫和鑑識的工作並不是如電視影集那樣。」李博士說：「因為負責解剖的法醫，在報告中只會報告事實，在極少的情況下，才會進行猜測。例如有死者死於中毒，而被告曾給死者吃巧克力。警察和檢察官一定會朝巧克力內有毒這方向來偵查，但是法醫並不會下此結論。他或她的工作職責是寫下事實，像是：死者死於某某中毒；胃部有未消化的奶製品和可可成分。在我的專業生涯裡，常常會有辯方律師找我，請我研究解剖和毒物報告，例如剛才說的中毒例子，我會給律師一個調查方向，例如可可和奶製品除了是巧克力外，還可能是熱可可、巧克力奶昔、巧克力冰淇淋、甚至是可可義式奶凍，那麼律師應該盡全力找出死者還吃過其他東西的證據，在法庭上利用這來抗辯，提出毒物是巧克力以外的可能性，這很有機會在陪審員心中構成『合理懷疑』。」

即是說，林律師沒有盡代表律師的職責？

「不能這樣說。」李博士連忙揮手，「我不能評論個別律師的做法。我只能說在我的專業生涯中，一般律師都會諮詢其他專家。畢竟我只是負責法證方面，相信你也了解，雙方在整個審訊過程中都有很多考量，我不能評論法律方面的事，那不是我的專業……而且鑑識在死者身上檢測到的污漬呢？」

污漬？史岱絲的表情在說，她並不知道李博士在說甚麼。

「我之前說過，毒物報告檢測到謝利體內有酒精，應該是死前喝過酒，我也看了鑑識報告，上面提到謝利穿著的褲子上有一片污漬，檢測證實是啤酒，還有微量的楓糖。報告說那應該是新的污漬，因為污漬並沒有洗過的痕跡。」

謝利屍體被發現時，身上穿的是咖啡店的制服，是白色棕色條紋的上衣，和米白色的長褲。因為是淺色的關係，為了怕弄髒，謝利和其他員工一樣，都是到咖啡店才換上制服的。所以如果制服上有污漬的話，那必定是謝利回到咖啡店後才沾上的。

「謝利失蹤後，在被殺前他喝了酒，並濺在褲子上。」史岱絲問勒可警長，「警方有沒有調查平日謝利會和誰去喝酒？那個人沒有嫌疑嗎？」

「那也只可能是阿雪吧，不是嗎？」勒可說。

「可是如果找到謝利喝酒的地方，不就有可能掌握他的行蹤嗎？」

「有這個需要嗎？謝利的行蹤有哪方面不清楚的？哈？」勒可把雙臂繞在胸前，並把身向後倒向椅背，「反正這並不是甚麼有用的線索。」

是誰決定哪些線索有用，哪些線索沒有用？警方憑甚麼就說那線索不值得調查下去？

製作團隊將李博士和工作人員模擬襲擊的影片，還有李博士認為是意外事件的推測，交給林律師。

「中文有一句話說：『事後孔明』，也就是後見之明的意思，過了那麼久，當然看得更清楚。但是當時我們並沒有那個餘裕。那個李博士說的巧克力例子，說明了死者胃裡有可可和奶並不表示給死者吃巧克力的被告人是兇手，所以盡責的律師會去找出死者吃過其他東西的證據，這點我是完全同意的，我也一定會這樣做。但是，有時候我們律師也只能根據當事人的陳述，去擬定辯護的策略。我的當事人表示當天根本沒有見過謝利，我們對事實的陳述是，阿雪和謝利根本是互不相干的兩個人。加上，阿雪堅持自己沒有殺人，所以『誤殺』之說也無法成立，『謀殺』和『誤殺』是完全不同的辯護策略。當然，如果阿雪承認殺人，但說明只是一場意外，那這些就會是支持『意外』的證據。」林律師微笑著說，顯然他並不認為他有任何過失。

進法學院前，林律師是經濟系本科畢業，沒有理科背景的他，為甚麼會選擇主力進攻阿雪的匕首沒有血液反應這個辯護策略？

「那個年頭，《CSI》[22]影集很紅。」林律師說：「大眾對鑑識證據、驗屍、DNA、指紋、體液反應已有基本的認識，甚至覺得那是鐵證。我希望陪審員知道，檢方就是沒有鐵證。解剖報告說傷口呈差不多水平的角度，我們已在法庭上提出質疑，指出行凶者應該是和謝利差不多身高，但是……我們也想不到，這樣明顯的事實，陪審團會置之不理。」

真的嗎？陪審團真的忽視那些線索嗎？

「那個律師不斷在強調沒有鑑識證據，其實我不太明白他在說啥。」陪審員之一姬蒂說：「他那種瞧不起人的模樣，好像我聽不懂是因為我笨，幸好摩根解釋給我聽。」

「辯方有提出兇手應該和死者差不多高的疑點。」陪審團主席摩根．華盛頓說：「可是檢方提供了一個我們認為很合理的解釋。」

當時檢方提出，阿雪犯案時可能站在高台上，所以造成水平的傷痕。就如史岱絲提出這個假設反問李博士，不過林律師並沒有像李博士一般完美反駁檢方，所以陪審團認為關於高度的疑惑，只是辯方的詭辯。

不單只有高度。

還有阿雪所謂「求愛不遂」殺謝利的動機，對比謝利和其他人的瓜葛，和麥迪遜如何因為律師的抗辯計算而沒有被傳召出庭。

還有「涼介」對「玲乃」的冷淡，對比語言學家對「ANIME」討論板的分析，和阿雪在其他討論板的活動。

還有有關那「物理上只有阿雪能帶走謝利那五分鐘」，對比謝利去了其他地方的可能性。

還有只有阿雪能將謝利棄屍在廢棄農舍，對比當晚鎮上還有誰可能有異常的行動，和阿雪的車子和家中並沒有血液反應。

還有「只有阿雪的匕首和謝利的致命傷吻合」，對比她的匕首沒有血液反應。

還有謝利屍體上的傷，對比李博士意外的理論。

我們將以上這些疑問，都交給接受製作團隊採訪的陪審員。團隊沒有多作任何解說，讓他們自行分析判斷。

鏡頭都拍下了他們邊讀邊露出驚訝的表情，金髮主婦姬蒂掩著嘴，雙眼也紅了。華盛頓不停在嘆氣，看完所有資料後，他看著鏡頭外的史岱絲良久，好像在等她說甚麼。

阿雪的案件，由華盛頓為首的十二人陪審團一致裁定罪名成立，除了華盛頓外，另外十一人分別是六男五女，所以就是七男五女的陪審團。據林律師說，華盛頓是檢方和辯方最開始都沒有異議的人選。

「華盛頓有親和力和領袖的感覺，我知道在陪審員中，他應該會被選為主席。即使他自己不主動爭取，也會自然而然的成為主席。」林律師說：「我選他最重要的原因是，他是少數族裔。我不是說少數族裔就一定會幫身為少數族裔的阿雪。你身為白人也許不覺得，對於同一件事，你可能並不會感到有問題，但少數族裔很可能感到不妥。我需要這團體中有不同的主張，平衡一下。」

不巧，林律師失算了，華盛頓非常在意自己少數族裔的身分。

林律師的失算其實有跡可尋。

雖然本身也是華裔，但是他在西溫哥華的富裕社區長大。私立高中畢業後到多倫多大學攻讀經濟，本科畢業後考上法學院，順利在知名的律師事務所實習繼而成為全職，於一九九五年得到律師資格，二〇〇三年成為合夥人。

當時他以亞裔的身分，參與不少和少數族裔有關的活動，並上華語電視台的節目向新移民講解法律常識，年輕幽默的土生華裔，說著一口有點蹩腳的廣東話，相當討喜。他也成了不少港人移民社區的明星。

所以當陳好娣要為阿雪找律師時，她身邊的太太朋友便提議找林律師。而那也是他第一次為殺人案辯護。

可是林律師真的有能力打少數族裔這張牌嗎？

「不要以為我不知道，他們是因為這個而選我。」華盛頓敲了敲自己的手背，指是因為他的膚色，「就是因為這樣，我更加不能讓別人覺得我偏坦少數族裔，在人前我更要表現得公正不倚，表達意見時絕不容許自己夾雜著個人觀感，雖然……有時候我也有『也許人真的不是她殺的』感覺。」

在「寧縱勿枉」的司法原則下，華盛頓的「也許人真的不是她殺的」的感覺並不能令他投下「無罪」的一票嗎？難道那感覺不就是「合理懷疑」嗎？

「『合理懷疑』嗎……？我是有懷疑的，但甚麼是『合理懷疑』？50%？70%？還是80%？那是很主觀的感覺吧？本來我也不知道怎樣處理這個問題，但在我們退庭商議前，法官給了我們指引：『你們不是偵探，你們的責任不是去查案，而是根據檢方提出的證據，在沒有『合理懷疑』下決定被告是否有罪。舉證的責任在檢方，辯方可以提出疑點，甚至可以提出其他可能性，而且辯方並沒有責任為那些可能性提供證據，如果你們覺得辯方提出的可能性是合理情況下可能發生的，那就判出無罪的判決；相反的，如果你們覺得辯方提出的疑點並不合理，那就判出有罪的判決。重要的是，你們並不需要考慮沒有被檢方提出的證據或辯方沒提出的疑點。』所以我在過程中把那指引奉為誡命一樣。」華盛頓說。

「特別因為我被選為陪審團主席，我覺得我除了有責任促成討論外，還要好好控制著討論的方向，如果有人提出在法庭上沒有被提過的證據並開始推論時，我便介入阻止，將大家帶回正軌。其實……當時是有人提出過有沒有可能兇手另有其人，但被我以『辯方律師並沒有提出』而駁回了，如法官說，辯方並沒有提出還有誰可能是兇手，不要以為我不懂，辯方沒有責任舉證，即是他們只需要提出一個有可能的理論，並不需要去證明那是真相！既然是這樣，那為甚麼他們不提出來？根據你說的那樣，他們隨便提出其中一人是真兇也可以呀！」

當時華盛頓深信，在審訊時，檢方和辯方都會出盡渾身解數，向陪審員展示所有證據——和疑點。

「我沒有想到，會有人刻意不提出證據的。」他說，他的聲音有點哽咽。

「這些……我都不知道……」看完製作團隊展示的資料後，姬蒂說。之後她近乎崩潰的嚎哭，我們也惟有中斷錄影。

看完這些資料後，史岱絲問他們，如果當時這些資料在法庭中提出，那他們對案件是否會抱持「合理懷疑」。

「絕對有。」雙眼紅腫的姬蒂說，可是她看著鏡頭的目光卻是相當堅定。

「啊，天啊……唔嗯。」佩倫托著頭，笑了一聲，像是嘲笑自己當年的輕率。

「……嗯。」華盛頓痛苦的吐出一句，然後雙手掩面。

伴隨著華盛頓抽鼻子的聲音，鏡頭慢慢移到窗外天空，和祖莉葉女子監獄同一片的天空。

從裡面看著這一片天空、已經三十二歲的阿雪，還在等待掃清所有疑點，真正離開那黑暗的一天。

如果阿雪不是兇手，那真兇就是另有其人。

那白白含冤的，除了阿雪，還有在天堂裡，眼睜睜的看著殺死自己的人逍遙法外的謝利。

除了為阿雪申冤，讓她重獲自由，更重要的，是還給謝利一個公義。

不是嗎？

麥迪遜現在公餘時間在福維爾高中當義工，協助和支援女生，幫助她們建立自信。

勒可警長剛剛拿了二十五年服務獎，收到不少鎮上居民的禮物和感謝卡。

康納辦了謝利的追思會後，據說他有意競選下任市長。

珍娜一家在溫哥華，和福維爾鎮上的人完全斷絕聯絡。在製作團隊進行納米諾實驗後，她舊居的業

主決定翻新房子，牆壁都髹上新油漆，地板也換了全新的。如果真的有甚麼痕跡的話，已經全去了垃圾堆填區。

林律師仍然和阿雪在香港的父母保持聯絡，每隔一陣子便代他們去探望阿雪。

謝利的父母和弟弟仍居住在福維爾，並拒絕了所有採訪的要求。他的父親現在擁有一家專門替度假屋業主清潔房子的公司，因為區內多了 Airbnb 而生意不俗；謝利的母親在福維爾大學當行政工作；而謝利的弟弟格蘭是福維爾大學的學生。

如果謝利在世的話，今年十月將會是他的三十四歲生日。

《不白之冤》

完

5.2 推論筆記 | MAKING INFERENCE

#5

總結

◉ | **根據五個 W 和一個 H——真兇就是……**

◉ | **各位讀者朋友都已經看過五集《不白之冤》紀錄影片了，而在追看【格蘭的 YouTube 頻道：回應《不白之冤》#5】之前，在這裡，不如作個總結，記下你的偵查分析，並確定寫下你所認為「誰是真兇」的「最後答案」吧！**

推論

❶ | WHY | 殺人動機是：

❷ | WHEN |「問題的五分鐘」發生了甚麼事情：

❸ | WHERE | 凶案「第一現場」是：

❹ | WHAT | 凶器是：

❺ | HOW | 死者是怎樣遇害：

❻ | WHO | 真兇就是：

◉ | 回看前面的全部五份「推論筆記」：
你所認為的「真相」有變改過嗎？
你對於真兇是誰，有修改嗎？

◉ | 好了，格蘭對於哥哥謝利的死的「真相」有何看法，究竟與你的想法，又有沒有出入？

◉ | 準備好了沒？格蘭最後怎麼回應《不白之冤》？現在就翻去下一頁，去片！

YouTube ▶格蘭頻道 | 第5集 | 觀看次數：9032次 | 首播日期：2019年8月31日 | 👍790 | 👎270 |

5.3 格蘭 YOUTUBE 頻道——回應《不白之冤》| GLEN'S YOUTUBE CHANNEL

第五集 | #5

訂閱

你好！這裡是【格蘭的 YouTube 頻道】，是我對於紀錄影集《不白之冤》的一些觀點。五集的《不白之冤》已經播完，如果你還沒看完《不白之冤》，請先到電視台的網頁看回放再來，還有就是我之前的影片，在我頻道的首頁就可以找到。如果你看完我的影片又喜歡的話，除了按「讚」外，也請「訂閱」我的頻道，還有不要忘記按旁邊這個「鈴鐺」符號，這樣我有新影片時，你便會立刻收到通知。

***

《不白之冤》已經全部播完了，所以呢，我這個系列的影片，也是最後一集了。未來我應該會製作其他影片，我想……應該也是在奇案方面發展吧，不過還沒有決定，所以請務必訂閱我的頻道，才不會錯過我未來的影片。

既然是這系列的最後一集，那就讓我先回覆一些留言和問題吧。各位之前的留言，我全都有看，但是因為不想在留言板來來回回討論著，通常這樣十之八九會完全失焦，所以我選擇在現在，以這樣的方式來回覆。

首先，很多的評論和留言說——

「被寵壞的千禧小屁孩，找份工作吧！」

「你只是想做網紅吧！竟然連哥哥的死都拿來消費！」

「憑甚麼扮名偵探？」

「福維爾野雞大學出來，找不到工作才去做網紅，但又沒有實力，只能消費家人。」

對寫下這類留言的朋友，我想說的是，你們都搞錯了。我不是為了做網紅而拍影片的，請回去看我拍的這個系列第一集，我開始拍影片，是為了反駁《不白之冤》中對謝利不實的描寫，而不是因為我要當網紅，就將家中最深的傷痛挖出來展示給公眾。一開始，是《不白之冤》在消費謝利、消費阿雪、消費福維爾鎮上所有人。我可沒有寄請帖給電視台，「請你們來挖這個鎮的瘡疤吧」，然後讓他們在鎮上造成各種各樣的滋擾。

呀，對了，《不白之冤》說我還是福維爾的學生，其實我剛畢業。我承認，我大學畢業到現在還沒找到工作，因為剛巧《不白之冤》在這段期間播出，我便無意間開始了YouTuber的生涯。一開始我只是想在鏡頭前發表對於節目的意見、說說感受而已。但是我發現，我應該多放一點這個鎮上的人的觀點和反應，所以我便開始走訪康納和麥迪遜等人，想給大家看看電視台不讓你們知道的事。之後每一次《不白之冤》提到甚麼，我便想親自去驗證一下。我不相信電視台，即使只是很簡單的事實，我也覺得他們一定有某程度的扭曲，一定只想讓我們看到他們希望我們看到的角度，不然就是故意隱藏了某些細節……所以你會看到我重回現場大街的後巷與廢棄農舍，還畫了地圖。我覺得親自到現場，說不定會看到一些被忽略的細節。雖然你看到的只是短短的影片，但其實我在背後花了不少心思，只為了大家能公平的看到不同的觀點。因為這樣，找工作的事就只好先擱置，我也不是完全沒有找工作，只是沒有全心投入就是了。等這事告一段落後，我會認真好好思考未來的路，因為這次的經驗，我對影視製作有點興趣，可能會朝那方面吧？不過一切都還停留在初步想想的階段，等所有事情完結再說。

「名偵探」……哈，我沒有說過我要玩偵探家家酒，我只是想找出謝利被殺的真相。

回到之前說過的問題：既然我們不相信電視台的立場——就是阿雪不是兇手——那我們為甚麼能完全相信警方的偵查真的沒有半點失誤？雖然我不相信《不白之冤》握有全部事實，但為甚麼好像真的充滿疑點，顯得警方辦案很草率？而我，只是在有限的資源內，去找出一些只有謝利最親近的人，也就是他的家人，才知道的事。只有我才能告訴大家，謝利怎樣愛他的家人，在案發前他在家裡有沒有奇怪的舉動等等。

另外，也有不少人問——

「你在影片中好像對康納很有意見，你不怕他看到嗎？」

「你怎可以在網上霸凌康納？」

「總之你這樣講康納就是不對。」

我只是在說出我的想法罷了，不要誤會，我並不討厭康納，他只是在做他覺得要做的事，他完全有那個自由，但我也有自由不認同他做的事。他辦追思會、抓叛徒、要大家表態，就沒有問題，而我只是在這個小小的頻道發表一下，就是個大爛人？

因為我是福維爾鎮上的人的背景，我才能輕鬆地親自去一些現場視察，在影片中呈現第一手的資料，並告訴大家事實的另一面！我不像鎮上其他人，對電視台說三道四，但又不敢面對鏡頭，只會在背後說著康納、珍娜和麥迪遜的壞話，讓他們連反駁的機會也沒有，我只是說出我知道和看到的。事實是怎樣，就讓你們自己判斷。

另外，最多人問的問題，就是——

「你相信阿雪是無辜的嗎？」

我在網路上也看到這兩大陣營爭論得面紅耳赤，大家也各有觀點，我就不贅言了。不要說網上，就是在福維爾，甚至在我家，也在這問題上兜兜轉轉，不，我家沒有，對我父母來說，阿雪是兇手這是無庸置疑的事實。對不願提出懷疑的人，我覺得他們不是因為真的沒有懷疑，而是他們不願去揭開，身邊有殺人兇手這個可能。他們寧願活在看似完美、名為「安穩」的泡沫中。

好，那簡短的說，我現在相信阿雪是無辜的。

因為，我想我已經知道真兇是誰了。

就在看完所有《不白之冤》後，我趁爸媽不在家時，又再次偷偷走進謝利的房間，這次不是要去找甚麼證據或線索，只是想待在房間中，感受一下謝利的存在。我坐在書桌旁的椅子上，六呎高的謝利，坐在這椅子上也太矮了吧，不過可以猜到他應該不常正正經經的坐在書桌前溫習。本來我只是隨意的四處看，可是當我的目光掃過書架時，突然湧上一種不協調感。

書架上有一本《李爾王》的《高氏筆記》。

我將那本《李爾王》的《高氏筆記》從書架拿下來，的確是謝利的東西——他還在上面寫了自己的名字。

不對啊，如果謝利在十一班時已經讀了《李爾王》，根據福維爾高中的傳統，他已經讀了莎士比亞的悲劇，剩下的一年學的就是喜劇，也就是《仲夏夜之夢》或《威尼斯商人》。

但是我記得在「ANIME」討論板上，「涼介」明明對「玲乃」提到《奧賽羅》，難怪我會有種不協調感。

這表示，那個人說了謊。

如果那是謊言的話，那檢方指阿雪愛上了在討論區認識的「涼介」、也就是現實中的謝利，因為求愛不遂而殺了謝利，這就完全不成立了，阿雪殺人的動機也不再存在。

那個人為甚麼要在那件事上撒謊？當那個人聽到警方說阿雪的殺人動機時，為甚麼不出來澄清？

因為，那個人就是真兇！不過，既然出現了阿雪這個「兇手」，而且鎮上的人都深信不疑，澄清事實只會讓阿雪脫罪，當警方繼續調查，恐怕終會查到自己身上，所以那個人決定將錯就錯，好置身事外。

如果那個人是真兇的話，那很多在《不白之冤》中提到的疑點就解釋得通了。

如果那個人是兇手，那阿雪案發那天說她在後巷的證詞就合理了。阿雪的證詞都是真話，當天她是真的看到瓶子，沒有半點謊言。不過真兇也發現瓶子會讓人發現本來應該休假的自己，其實當天也在現場，所以在阿雪第一次經過後巷看到瓶子後、康納和謝利來抽煙前，那人把瓶子拿走了。而且根據垃圾回收的時間，瓶子是垃圾回收的時間過後才放到後巷去的。

如果那個人是兇手，就可以解釋謝利如何在那短短的五分鐘消失了。謝利去見兇手，五分鐘絕對足夠。

如果那個人是兇手，就可以解釋為甚麼阿雪的家和車子都沒有血液反應，因為她的家的確不是案發第一現場。真正的第一現場，從頭到尾都在我們的視線範圍內。那裡完全符合我之前說的，既有水源可用來清洗現場血跡，而且當天也不會有其他人去，兇手有足夠的時間清理現場。不過兇手大概是怕留有自己看不到的痕跡，所以案發後那人沒有逃離福維爾，反而留了下來，直到現場「消失」後才放心離開。

如果那個人是兇手，就可以解釋為甚麼阿雪的匕首沒有血跡，因為凶器其實是謝利的匕首。

如果那個人是兇手，就可以解釋謝利身上為甚麼沒有防禦性傷口，也就支持了那個李博士說的意外事件的假設。

如果那個人是兇手，就可以解釋謝利的咖啡店制服上污漬的來源；同時有楓糖和啤酒，就直接扯到那個人身上了。

如果那個人是兇手，那棄屍的地點、原因和手法，就如我之前說的那樣，那就非常合理了。不像阿雪，那個人對農舍很熟悉。我不知道那個人選擇棄屍在農舍，是因為他們的關係，令那個人不忍謝利家人遭受兒子失蹤的痛苦，所以想讓謝利的屍體被發現？還是，兇手根本沒有其他選擇？我說過，如果阿雪是兇手，最方便快捷的方法，就是將屍體埋在自家後院，但是真兇的家裡沒辦法讓他那麼作。

我知道大家一定納悶，為甚麼我口氣這麼文藝腔，但是我找不到更好的方法，表達我發現真相時內心的震撼！那種雞皮疙瘩的感覺，原來真兇真的就在我們之中！我、還有我的家人、竟然還和那個人有過交集！為甚麼那個人當時可以若無其事的，生活在我們中間！

那個人，不但欺騙了整個福維爾鎮上的人，而且徹底被警察和電視台都忽略了！

問題是，客觀線索讓我覺得那個人是真兇，但還是有些想不通的事。如果謝利的死是意外，那謝利一開始為甚麼會和那個人起爭執？如果根據李博士說的，兩人像是在爭奪匕首，過程中對方不慎意外揮刀劃破謝利的喉嚨……

但是以謝利和那個人的關係，為甚麼會起爭執？李博士說他們兩人在搶匕首，以那把匕首當時的價值，難道是為了錢？所以說，謝利和兇手，因為錢——也就是那把匕首——起了爭執，最後那個人錯手殺了謝利。不過還是回到原點，以謝利和那人的關係，沒道理會為了錢而發生衝突。

在我沉思的時候，爸媽剛好回到家。看到我在謝利的房間內，媽媽的反應很大，真的，是我完全想像不到的大。

她摑了我一巴掌。

她以為我又在謝利的房間裡找這找那。

「這裡不是給你找影片素材的地方！」她說：「謝利會很傷心的！你知不知道他有多疼你！到他死前都在為錢煩惱！就是因為你！」我模仿著媽媽當時的動作。

對，你沒有聽錯，我媽媽的確說了，謝利為錢煩惱。

當然，由於她說謝利為錢煩惱是「為了我」，我當然順勢追問她，為甚麼會這樣說。

好不容易待媽媽冷靜下來後——當然爸爸的功勞不少——她說，那年暑假後，我就要升上小學了，有一天大家閒聊時談起，謝利說我上小學後應該讓我學冰上曲棍球，那樣的話，家中同時有美式足球員和曲棍球員就實在太酷了。可是媽媽那時脫口而出一句話，讓她後悔自己搗碎了一個十七歲少年的夢。

「家裡才沒那個錢。」她說。

嗯，的確，雖然謝利昂然六呎多，但畢竟當時只有十七歲，而且我想……他的生活比較單純吧。我不是說美式足球員笨，但是當時的他，生活都是環繞上學、打球、打工，在學校是明星，功課又不用擔心，打工又有零用錢。那時他應該沒有想過將來吧，當然沒有吧，十七歲，連要考哪所大學、唸甚麼學科也沒想過吧。

可能那一刻，就是謝利第一次意識到現實的殘酷。

原來家裡不是可以讓他想做甚麼都行，原來參與所謂加拿大「國民運動」的冰棍球是很燒錢的玩意。可是如果謝利連這也不知道，他豈不是活在雲端？

聽媽媽說，當年因為SARS在多倫多肆虐，讓當時很倚重附近度假區的福維爾經濟也受到不少影響。她不說，我也不知，原來多倫多一年舉辦兩次、有不少餐廳參加的美食節，就是SARS之後為了振興飲食業而開始的。我也去過幾次，原來背後有這樣一段「黑歷史」。總之，當年爸爸從事休閒業相關的工作，可以想像他那時面對失業的壓力。

和謝利不同，我年紀很小就對錢很有概念。不知是不是謝利離開後，家裡少了個人——我知道這樣說很薄情——所以經濟比較寬鬆了，爸爸還是希望我當個像謝利那樣的「運動員兒子」，他問過我要不要試試冰上曲棍球，但我都沒有興趣，小時候我已經知道，打曲棍球要買很多裝備，要花很多錢，我寧願將錢存下來，或是用來買好一點的電腦。

說了那麼多，回去謝利和錢的事上。

媽媽說，從她說了那句話那天起，她開始覺得謝利有心事，雖然平日沒有表現出來，但有一天她無意中看到謝利在房間數錢。

應該是謝利從銀行提走存款，加上問康納借錢的時候。

之後突然有一天，大概是公民日（Civic Day）[23]那個長周末，謝利說有辦法賺到點錢，可以給我學冰棍球，不用增加家裡負擔。媽媽當然擔心謝利的錢從哪裡來，但他說總之不是犯法，只是有個機會可以賺到點額外小財，足夠給我買打冰棍球的裝備。

「為甚麼你沒對警方說？」我大聲問媽媽，雖然我立刻便後悔這樣對媽媽說話。

媽媽說，她不想讓警察以為謝利因為錢而惹上麻煩，而後來逮捕了阿雪後，她以為謝利被殺是情殺而不是因為錢的問題，既然跟錢沒關係，她就更覺得沒有必要說出來了。

這下所有的謎都解開了。

原來謝利有這樣的盤算。

為了可以讓我學打冰棍球，謝利想變賣粉絲博覽買來的匕首，因此才和那個人發生爭執。你可能會問，那是謝利出錢買的匕首，當天在粉絲博覽排隊的也是他，為甚麼會因為匕首發生爭執？難道那個真兇想搶謝利的匕首？

大家記不記得，在《不白之冤》中，提到匕首開賣時的小插曲？因為排隊的人數比預期多，為了阻止炒賣，主辦單位臨時決定「一人限買一把」，因而發生不少騷動。

我覺得，謝利那天除了自己買之外，還受真兇所託買匕首，因為七月的那一天，那個真兇突然有事不能去粉絲博覽。但是因為大會只限買一把，謝利的兩難是，買到的要留下來給自己，還是當成幫那個人買的？如果是以前的謝利，他一定會將匕首交給那個人，而只收取原價的一千五百元，但是那時的謝利，正被錢的問題困擾著。

原價一千五百元，但轉手就可以賣五千元的匕首，三千五百元的利潤，對謝利來說是天文數字。這筆錢，可以補貼將來自己的大學學費，可以幫忙家裡的開支，更重要的是，可以讓弟弟格蘭學冰棍球。很正常地，他動搖了，他要自己留著，或者提出要那個人用市價五千元買下匕首。

那個人約了謝利，剛好就在停電那天。我不知道那個人是騙謝利說要用高價跟他買匕首，還是說要和他談判，總之謝利就在沒人發現的情況下和那人見了面，他是在家吃過午飯才去的。大概在謝利打工的三點前還談不攏，便相約五點左右再見面繼續談。為了掩飾他打工前的行蹤，謝利還假裝是從別處來的，經過麵包店從正門進咖啡店。之後的事，大家都知道了。

你可能會問，那個人不能是阿雪嗎？唔……所以你是說，阿雪那天除了自己親身到現場買匕首，還拜託謝利額外幫她多買一把？那為甚麼她自己不買？當天她也在現場，也知道「每人限買一把」這個限制是臨時實施的，而如果說她要謝利讓出他給自己買的那把，有點不合理吧。

所以，那個人在粉絲博覽那天有不得已的理由，自己不能親自到場購買。

以上，就是我對謝利案件的看法。

〔我拿起書桌上的東西舉到鏡頭前。〕

剛才我說的，關於謝利案件的推論，包括八月十四日在後巷發生了甚麼事、謝利被殺和被棄屍的情況的推測；更重要的，是我推理出的真兇的身分和相關理據，所有的都寫在這份報告裡了。就好像大學寫論文一樣，一整份的報告，完成後，我第一個就給我媽媽看。

然後……然後她沒有說甚麼。

她只是嘆了口氣，長長的嘆了口氣。然後走到謝利的房間，她在裡面待了好久。之後我也拿給爸爸看，他坐在餐桌前，我看著他一頁一頁的翻，他一直皺著眉，臉色綳緊，但沒說半句話。看完之後，他將報告擱在桌上，然後走到廚房，在櫃子前猶豫了一會，最後給自己倒了杯威士忌。

這份報告，就這樣一直擱在餐桌上，媽媽在謝利的房間，爸爸在廚房喝酒，兩人像是沒有看過這份報告般，那寧靜一直維持到晚飯時間。

對於爸媽的反應，我有點意外。我不是期待他們會呼天搶地，或是像那些老套電影般緊緊的抱著我哭，只是我沒有想到他們會甚麼也沒有說。他們到底同不同意我的推論？如果他們同意的話，這不就表示，十六年來，他們都怪錯了阿雪是殺人兇手？

我想，他們大概需要一點時間，消化眼前所有的事實。

電影裡的人向來不食人間煙火，但我可是一般凡人，當天色變黑，我肚子的響聲也隨之而來。我走到樓上，問媽媽要不要去買外賣晚餐。她也終於注意到時間，最後我們三人去了大街上那日式小餐館吃晚飯。因為爸爸喝了酒，由我負責駕駛。

經過謝利曾經工作過的咖啡店時，我們都不約而同的看著那邊，但我們沒有說甚麼。

我吃著我的照燒雞套餐，爸爸點了漢堡——謝利最喜歡的，而媽媽則點了三文魚。十六年來，這家餐廳的老闆換了幾個，鎮上也開了拉麵店和其他亞洲餐廳，但我們一家還是平均每個月會來一次。還記得當初第一次來就是謝利帶我們來的，那時爸爸媽媽還沒有吃過日本菜。

「謝利……最喜歡吃日式漢堡。」爸爸說，原來他還記得。難道……他是因為這才要來這家店的？

「我還記得……是誰向謝利推薦這餐廳的。」我哽咽。

靜默了一陣子後，媽媽突然開口：「那份報告，你要放上網嗎？」

既然媽媽這樣問，就等於已經允許我公開內容，也就是她認同報告的內容。

「不，」爸爸說：「要做，就認真做。既然報告做到那個程度，我們不能馬虎。單單放在網路上，不消一陣子大家都會忘記了，也不會有人認真的看待。」

於是我另外再印了兩份，一份送去警局，一份送去製作《不白之冤》的電視台。

電視台立刻聯絡我說有些關於報告的問題想確認，也想訪問我。本來他們想安排我去多倫多錄影，還說會提供酒店住宿和保證豪華轎車來回福維爾，我說我可以面見回答他們的問題，但攝錄形式的訪問就不要了。

最後我和《不白之冤》的製作人約在謝利以前打工的咖啡店見面，確定他們沒有錄影或錄音後才回答問題——其實我也知道我無法真的確認這點，所以回答問題的時候格外小心——其實他們也不是真的有甚麼問題，只是想盡最後努力說服我接受訪問。

我才不像鎮上其他人一樣。而且如果真的想為謝利和阿雪討回公道，跟媒體說太多，絕不是個好主意。

那天的會面結束後我回到家裡，爸爸和媽媽在廚房，看似在喝茶，我知道他們在等我。

從玄關走到廚房，雖然只是幾步的距離，但感覺好遠，我們的廚房有道玻璃門通到後院，當那玻璃門漸漸出現在我眼前時，我突然有一種豁然開朗的感覺，就像走過又長又黑暗的隧道，終於看到盡頭的感覺，有一種「啊，終於結束了」、放下了心頭大石的感覺。我們一家三口，終於可以將這案件留在過去了。

那一刻，我終於理解到，為甚麼爸爸媽媽當年會那樣堅信阿雪是兇手，他們不是對證據完全沒有懷疑，他們只是希望案件能盡快完結，這樣他們就可以將案件留在過去，而繼續我們一家的生活——當時，六歲的我，還在家裡等著他們回來。

我踏入廚房的一刻，他們都緩緩地站了起來。我對爸爸點了點頭，我看到媽媽抽了下鼻子。

然後……哈，像那些很老套的電影一樣，我們三人緊緊的抱在一起……嗯，就這樣，謝謝收看，謝謝大家一直以來對這個頻道的支持。

後會有期，拜拜。

006

WHO

6.1 《不白之冤》紀錄片 延續篇（預告）

6.2 《不白之冤》紀錄片 延續篇

那樣的證詞，便讓她成為  最有可能「帶走」謝利的人……

DOC ★不白之冤 — 48分鐘 — 第6集 — 類型：紀錄片、凶案追查 — 節目性質：懸疑、推理 — 立即播放

6.1 《不白之冤》紀錄片 | DOCUMENTARY WHITE LIES

延續篇〔預告〕 | SPECIAL EDITION (COMING SOON)

「如果可以離開這裡的話，我想……」

以為已經完結的故事，竟然還會有意想不到的發展。

《不白之冤》全部播映完後，製作團隊收到一份投稿。

究竟是誰會投稿給我們？

背後又有甚麼目的？

投稿人和案件有甚麼關係？

然而，因為這份投稿，製作團隊終於得到訪問阿雪的機會！

十六年來，除了堅持自己是無辜之外，甚麼也沒有說過的阿雪，如今是甚麼原因讓她打破沉默呢？

〔鏡頭映著一個穿著囚服的女人，因為只映著頸部以下，只能看到她在玩手指。〕

這個星期日晚上八點，將會播映《不白之冤》延續篇！
讓我們盡最後的努力，解開這個綿延了十六年的疑惑！

★不白之冤 | 48分鐘 | 第❻集 | 類型：紀錄片、凶案追查 | 節目性質：懸疑、推理 | 立即播放▶

6.2 《不白之冤》紀錄片 | DOCUMENTARY WHITE LIES

延續篇 | SPECIAL EDITION

十六年前，寧靜的安省福維爾鎮發生一宗可怕的殺人案。高校裡的明星美式足球員，謝利．雷拿，被冷血地劃破喉嚨，還被棄屍在一座荒廢的農舍內。警方很快便逮捕了謝利的同校同學、香港移民夏怡君，又名阿雪。在人證、物證俱在的情況下，阿雪被陪審團一致裁定「一級謀殺」罪名成立，判處無期徒刑。

然而，經過製作團隊的深入調查和抽絲剝繭，發現這看似鐵證如山般的案件，背後原來有著不少疑點。警方認為暗戀謝利的阿雪，被拒絕後有明顯的殺人動機。但原來在福維爾鎮上，謝利身邊也有好幾個人和他的關係並不如表面的融洽，而他們在案發當天的「不在場證明」，也不是表面看起來那麼銅牆鐵壁。而其他的證據，更是在沒有十足科學佐證下，一定程度上只是陪審員的「腦補」。

在全部五集《不白之冤》播映完畢後，製作團隊收到一份意外的投書——來自謝利的弟弟格蘭。案發時，格蘭只有六歲，對謝利和案件的記憶十分有限。他現在已經大學畢業，看過《不白之冤》

之後，透過自己的調查，加上第一手的資訊，竟然找到了警方遺漏了的線索，並推理出殺死他哥哥的真正兇手！

他將這些發現撰寫成報告，並提供給製作團隊和警方。

收到這份報告的時候，製作團隊都驚訝於格蘭對每個細節的研究，當中有些線索，明明就這樣攤在我們的眼皮底下，但我們竟然都忽略了。為了掌握更多背景資料，製作團隊曾積極聯絡格蘭，希望他能接受我們的訪問，但是他都拒絕了。

由於格蘭在報告中寫的，大多都在《不白之冤》或是他的 YouTube 影片中出現過，我們不打算再複述。而且，格蘭也寄了一份報告給警方，相信警方目前也會開始再作調查，所以在此公開報告的內容，對抓真兇絕對沒有幫助。

然而，製作團隊卻想到一個應該看這份報告的人——我們把一份副本送到祖莉葉女子監獄給阿雪。

沒想到得到更意外的回覆！

阿雪聯絡製作團隊，說願意接受訪問。

在拍攝申請獲得許可之後，製作團隊都非常緊張。看著阿雪十六年前的學生照，我們都很好奇，究竟阿雪現在是甚麼樣子的呢？她沒有提出任何條件，製作團隊曾經詢問她要不要先看問題和訪問大綱，好準備一下，她都說不必，這反而讓我們更緊張，沉默了十六年，不知道她想說甚麼，或是她究竟有甚麼盤算？

在訪問當天，製作團隊一行人，還有一名我們請來當翻譯、居住在滿地可的香港女士，來到祖莉葉，我們被帶到一個大約兩百平方呎的房間內，在我們架置好燈光和器材後，一名獄警帶著阿雪進入房間，她捧著我們給她的、格蘭．雷拿撰寫的報告副本，上面貼了不少便條貼。看來阿雪還在上面做了筆記。

林律師也陪同一起，他手上也有一份副本。那時我們才知道林律師也會在場，這是阿雪沒有事先提過的，不過這不難理解，林律師除了是當年她的代表律師外，十六年來，他已經像是阿雪在加拿大唯一可以信賴的人。

阿雪穿著囚衣，已經三十二歲的她，看起來卻只像二十多歲——大概亞洲人都是這樣，看起來都比實際年齡年輕，加上阿雪只有五呎二吋，身形又偏瘦，看起來就像個孩子。

在獄警示意她可以坐下前，她的目光掃過在場每一個人，史岱絲看到，她有點意外在場有另一副亞洲臉孔。

阿雪將大約比肩膀長一點點的黑髮束成短馬尾，但因為不夠長的關係，有些髮絲散在臉頰兩邊，坐下後她不時將這些頭髮繞到耳朵後面。

即使是經驗老到，採訪過不少大人物的史岱絲，那一刻也有點不知所措。追蹤多時、整個製作團隊花了大半年製作的影集的主角，就坐在自己面前。雖然已經準備了一連串問題，可是突然不知從何問起。

「你好。」史岱絲先向阿雪問好，「你想我叫你阿雪？還是怡君？」史岱絲再開口前向香港翻譯詢問她名字的正確發音，「這位是欣琪，她是我們的翻譯，也是香港人。」

「阿雪就好，我不用翻譯。」她淡淡地說，聲音很小，「你知道嗎？『怡君』這名字本來就是男孩的名字。」

阿雪解釋，父親一直希望有個兒子，母親懷孕時，就起了個有「君」字的名字，不過生下來的卻是女孩，才換了中間的字。

經過十六年，阿雪的英語已經很流利。但是她的口音有點奇怪，不是華人說英語的口音，而比較像是在獄中和不同族裔身分背景的人交集、混搭出來的用字和腔調，和她小巧的五官有點違和感。來的時候，欣琪在車上說，很多亞裔女孩說話習慣了用「娃娃音」，到了中年也改不掉，但是阿雪完全沒有，不知道她以前有沒有呢？還是在獄中改掉了？

「看來阿雪你已經看完報告了。」

「嗯。」

「有甚麼感想。」

「我想問……」阿雪完全沒有看她放在桌上的報告，「林律師給我看了全部《不白之冤》。在第五集中，談到了我小時候在香港的事，你們是怎麼查到的？林律師說不是他提供的資訊。」

「我們找到一些知情的人，有些在加拿大，有些在香港。」

「是這樣啊……」阿雪點著頭說，但是她的表情有點呆，「呀，我爸從沒有告訴我，當年為甚麼送我到福維爾……你應該也嚇一跳吧？凱基小姐。」

阿雪所指的，是當年夏宏豐因為一篇有關華人留學生英語水平的報導，而決定捨多倫多取福維爾。而當年撰寫那篇報導的，正是《不白之冤》製作團隊的記者兼製作人史岱絲．凱基。阿雪會這樣問，顯然她已經做了不少調查，那篇報導在網上很容易找到，證明她沒有放過任何一項細節。

「是有一點意外，」史岱絲微笑著點點頭，「所以你會怨恨父親，或是我嗎？讓你沒有到多倫多而住在福維爾？」如果當年她是在多倫多定居，她的命運會不會改寫？

「凱基小姐你相信命運嗎？」阿雪抓一抓後頸，「我在想……我爸因為你寫的報導，將我送來福維爾；但是也因為你的節目，格蘭才會重新審視謝利的案件……我媽媽信佛，她會說是因果，這裡有人是基督徒，她說那是上帝的安排。」

「那你覺得呢？」

「我……不知道。」

她笑了笑。

十六年，從十六歲到三十二歲，本應是高中和大學的學習黃金時期，這十六年中，一般人的社交技巧和思想價值也是在這段時期建立的，但對阿雪，她永遠失去了這個機會。在監獄中，過著沒有自由的生活，在這裡，她面對的都是比她年長、犯了重罪的囚犯，每一天，除了嚴守紀律，她只知道要存活。史岱絲突如其來問她這樣一個開放式的問題，她立刻不懂應對。

大概在這裡從來沒有人問過她的想法。

「對福維爾鎮，和鎮上的人，有甚麼看法？」

阿雪被捕後，鎮上的人都一致認為她有罪，即使是事件發生前，她母女倆都被認為是怪人。那阿雪又是怎樣看鎮上的人呢？

「他們……其實我也不大記得了，除了華特老師以外，我和其他人沒有甚麼交集，我真的對他們沒有印象。當我開始開車回校，是有人和我搭訕的，但我不大聽得懂他們說甚麼，我想大概是讚我的 Mini Cooper 漂亮吧，那是我求了媽媽很久，她才答應買給我的。」

「不會覺得寂寞嗎？」

「那時我上討論板，還有寫網誌，還要溫習功課嘛，一天其實過得很快。而且，反正我也只會在那裡待幾年而已，考上大學的話就會搬到多倫多了……就像，在香港中學時那樣，我也沒有特別想交朋友，因為反正我就是要離港唸高中的。」

所以，究竟是鎮上的人孤立她，還是根本是她先孤立自己？

「那對於格蘭這份報告，你有甚麼看法？」

阿雪嘴角微微向上揚，是在嘲笑警方和檢方？還是在為自己坐了十六年冤獄苦笑？

「我不知道。」想了很久，她才吐出一句，那一瞬，她臉上有點少女的靦腆。所以那是害羞的笑容？

「那，我們從頭開始吧。在學校時你和謝利、康納他們相熟嗎？」

「根本不認識。」阿雪抿一抿唇，有點無奈的說。

阿雪表示，第一個學期時，英文老師華特叫她中午一起吃午餐。那時老師帶她看過美式足球隊練習，說福維爾高中是區內很厲害的隊伍，不過她都沒有興趣。

「完全看不懂他們在做甚麼。」她說。

「老師沒有介紹謝利他們給你認識嗎？」

「沒有，他們好像也不大理老師。」阿雪笑了。

「沒有想要結識謝利嗎？那麼帥氣的男生。」

「他很帥嗎？我不太會看，白人男生怎樣才算帥？」

「你是他們的粉絲吧？」欣琪插嘴用中文說，並把手機中的照片給阿雪看。

欣琪除了擔任翻譯外，史岱絲事前跟她說了阿雪的背景，她也看過了《不白之冤》和格蘭的影片，史岱絲告訴她，如果阿雪防備心重，歡迎欣琪找話題讓阿雪放鬆。

欣琪手機中的照片，就是當年阿雪貼在房間中的日本偶像男團。

阿雪有點害羞地點點頭。

「我最喜歡他。」欣琪指著其中一人，「你呢？」

「嘻，我也是。」阿雪微微笑著，「但他前年結婚了。」看來在獄中，阿雪還持續追蹤偶像的消息。

「所以你覺得謝利沒有他帥？」

「不只外表，性格也差太遠了。」阿雪指著欣琪的手機、繼續用中文說：「他對粉絲都很親切，又出了名地照顧後輩。而謝利……好像也是學生會的，入學時要去學生會室拿學生手冊，那時我見過他，其實就是一群人在學生會室呼朋喚友，自以為是，去到哪裡都一群人前呼後擁，像是明星出巡似的，但這也只是在那小小的高中裡，又不真的是明星。」

阿雪的表情有點不屑，語氣也帶點嘲弄。這是真話嗎？還是以不屑來掩飾對謝利的愛慕之情？

「沒有喜歡過謝利嗎？」

阿雪沒有立刻回答，她只是翻了個白眼，像是在說「竟然連你也這樣問」。

「沒有喜歡過謝利嗎？」史岱絲再問，她覺得阿雪在逃避這個問題，她想要得到阿雪親口回答。

「沒有。」

「從來沒有？」

「沒有。」

史岱絲停了下來，沒有再問下一道題目。她只是看著阿雪，好像在等阿雪繼續說甚麼。鏡頭是阿雪臉部的大特寫，她並不知道鏡頭這樣拍著她，看到史岱絲沒有說甚麼，她看了她一會，然後視線向兩側飄來飄去，好像要找史岱絲以外的焦點。

大概是幾秒後，阿雪的目光又回到史岱絲身上，她稍微瞪大雙眼，緊閉著嘴，露出有點誇張的微笑，示意她繼續進行訪問。

「那談一談《雷德林戰記》，為甚麼那麼喜歡這部動畫？」

「因為……故事寫得很好，戰爭的部分很緊湊。我覺得劇情上絕對不輸現在那些人氣美劇。」

「那玲乃呢？你喜歡玲乃甚麼？」

「漂亮，個性又爽朗……而且有潛能，她有很大的力量。」

「那你想自己像玲乃一樣嗎？想像她一樣個性開朗人緣好，又那麼有能力嗎？」然而現實生活中的阿雪是相反的人。

阿雪想了一下。

「玲乃只有在雷德林才是那個玲乃，不然就只是一個待在神社中幻想著要當偶像的巫女。」

《雷德林戰記》中，其中一集講玲乃誤入了魔法陣式，回到了原來的世界，才發現自己的宿命，就是要在雷德林協助王子，她不能丟下還未復位的王子，還有涼介。最後原來她並不是回去了日本，只是中了魔咒昏迷，如果不是不能拋下涼介的意志令她醒來，那她的靈魂便會永遠陷入在那潛意識裡的世界。

阿雪知道雷德林需要玲乃，其實玲乃也需要雷德林。那阿雪呢？哪裡才是阿雪的舞台？

那她寧願是背著殺人之名的惡女，還是平凡的香港女孩？

「那涼介呢？」史岱絲問。

「你指哪個涼介？」

她是問史岱絲指動畫角色，還是在「ANIME」板那個「涼介」。

「哪個」涼介——真是饒有意味的問題。

「先談動畫角色吧。」

「涼介……在《雷德林戰記》中，擔當著做苦工的角色。」一談到《雷德林戰記》，阿雪便特別有精神，好像迫不及待想分享她這十六年來的研究成果，「凡是打架，戰鬥受傷的情節，都是涼介上場，玲乃只是輕輕鬆鬆的用魔法，或是用毒，再不是就用計借刀殺人……」一說到殺人，阿雪立刻噤聲。

「那在討論板上那個『涼介』呢？」

阿雪的臉色一沉，本來聊得起勁，此刻突然沉默下來，她一時撥弄額角的頭髮，一時低下頭玩手指。

「當時你和『涼介』是甚麼關係？」

「甚麼『甚麼關係』？就是在討論板上討論事情的關係。」阿雪苦笑，「就是在生活中普通不過的小事，如果不是謝利的案件，根本不會被不成比例的放大來看。」

「那時有沒有喜歡過『涼介』？」

「哪有甚麼喜歡不喜歡？我都說了，只是在討論板交流對動漫的看法，我又不只在一個討論板活躍，其他的當時都沒人提。」

「如果不是發生謝利的事，你覺得照那樣走下去，你和『涼介』會不會有機會發展？」

「不可能吧，爸爸雖然在香港，但他一定不允許的，當時我的責任就是好好學習，拿好成績，考上大學……而且我當時連『涼介』是甚麼人，甚至是男是女也不知道。」阿雪定睛看著史岱絲記者。「不是嗎？」

「在這個事件中，你有沒有撒過謊？」史岱絲先問一些有關事實的問題。

雖然謝利的案件有那麼多疑點，但她始終是被一致裁定有罪的犯人。格蘭寫的報告看似很合理，但是如果阿雪有說謊的話，那他的推理就有可能站不住腳。

「沒有。」阿雪這次答得很快，「從第一天開始，我的證詞都一樣，沒有半點謊言，只是沒有人相信我。現在不是證明了嗎？」

「那你的家人呢？他們相信你嗎？」

「我不想談他們。」

「阿雪的意思是，」林律師插嘴，「她不想在電視節目上談她的父母，拖他們下水。」

「那可以談談八月十四日那天的事嗎？」

阿雪先是乾笑一聲，然後便陷入沉思，差不多半分鐘後才回過神來。

「啊，對不起。」她抓抓鼻翼，像是在搔癢，「我在想……那天真的是沒甚麼特別的一天。媽媽一早就叫車去了多倫多，我知道她又去打牌了。不過那也沒甚麼，整個暑假她都常常出去，我早就習慣自己一個人在家。她出門時我還在睡，大概中午左右起床，吃了杯麵，看看電視上上網這樣……之後突然想到，還有兩個星期就開學了，不如整理一下上學用的東西，我把前一年的舊筆記合併起來放，好騰出一些活頁夾，但好像還不夠給新學期的課用，所以就想到大街的文具店去買……我將車停在室外停車場……我每次都停那裡，因為那邊的車位比較寬……我在文具店逛了一下，選了幾個活頁夾、一些顏色水筆，準備結帳時就停電了。店員說因為停電，只能用現金結帳，但我身上沒那麼多現金，就想改天再買好了。因為停電，交通燈也失靈嘛，我便沒有在路口過馬路回停車場，而是從文具店直接過馬路，所以經過那後巷時，往裡面瞄了一眼……」

阿雪嘆了好大的一口氣，「真是的，那時為甚麼要看呢？」

那一眼，阿雪看到了在後巷的瓶子，也讓她之後開車回到後巷。

「當年你被警方逮捕時，內心在想甚麼？」

「當年我沒有去警方在學校的……那個叫甚麼……問話大會。」阿雪將臉側的頭髮撥弄了一下，「那時媽媽還在多倫多，又沒有人告訴我要去……只是幾天後有警察上門，說有些關於那天的事情要問一下，媽媽還給他們泡了茶呢。」

阿雪指，警察上門時，她還有點搞不清狀況，根本不知道自己已經是殺死謝利的嫌疑人。

「聽到謝利是從後巷失蹤之後被殺，本來我是覺得很不真實，畢竟我又不認識他，就是居住的地方發生謀殺案，『啊，這樣啊！』那種感覺。但後來再細想，自己是不是和死神擦身而過？搞不好會是自己被擄與殺害嘛！突然意識到自己就身在其中，所以當時我很努力回想，並老實的告訴他們，我當天的行蹤，和每一個細節，包括在後巷找瓶子的事。」

那樣的證詞，便讓她成為最有可能「帶走」謝利的人。沒多久，她便正式被逮捕和起訴，之後她母親便找來林律師。

阿雪以為，那只是一場誤會，她說出在後巷見過一名同校同學——她不知道康納是誰，但以為他可以證明她只是在找瓶子，很快就可以回家。

「即使在法庭上，我也有點像在作夢，因為林律師說我不需要回答盤問，所以我在犯人欄裡也只是有的沒的在聽，有時候他們的英文說得很快，我跟不上。那時每一天審訊時，我都是偷偷四處看……」

阿雪像是打開了話匣子，「那些陪審員，有些好像要趕著回家做晚飯的模樣；有些像是沒見過華人，好像在看動物園的動物那樣看我，害我都不知怎樣坐才好；那個陪審團主席，每天都穿著整齊的西裝，一副冷酷的樣子，其實就是怕被人歧視；還有康納和珍娜——我是看了《不白之冤》，才知道他們是誰，我記得從第一天開始，他們每天都來法庭聽審，他們以為沒有人看到，但他們都一臉不想來的樣子。」

阿雪如數家珍的說著當年法庭內見到的事，原來所有人在法庭內的一舉一動，她都看在眼裡。

「而謝利的父母，就是一副想殺了我的模樣，不過那應該很正常吧，他們都以為我殺了他們的兒子，每一次和他們的目光對上時，我都會在心裡不停喊著：『我沒有殺你們的兒子！』以為念力終會傳給他們……嗯，看來沒有，那也是……我又沒有超能力。」

「那你平日在這裡，是怎樣過的？」

「就是一般囚犯的日子，沒有甚麼特別。」大概意識到這樣回答好像不大好，阿雪再想了一下，「林律師前陣子來看我，都會用手機播《不白之冤》給我看……還有看看漫畫，我有可以上網的時間。對了，還有上學。」

阿雪在獄中完成了高中課程。

「為甚麼之前不接受我們採訪？」

「因為沒有甚麼好說。之前有其他媒體採訪另一名囚犯。米歇爾跟我說，不要接受媒體採訪，因為不知道他們會怎樣利用，說不定將來會在假釋聆訊時對自己不利，雖然我要的不是假釋——因為林律師說，如果對罪行沒有悔意，很難申請到假釋，不過我想在翻案之前，最好還是低調一點，呀，那時我找過那些甚麼幫人翻案的組織……不過一直沒有回音，好像是聯絡過林律師，覺得案件無法成立吧。」

「你跟米歐爾很要好？」

米歐爾就是製作團隊訪問過的，曾和阿雪一同在祖莉葉服刑的人。

「她就是一開始讓我在這裡不會被別人打，就那樣而已。她們那些有刑期的，進來就只想無驚無險出去，才不是來交朋友的。」

阿雪沒有多談和米歐爾和其他囚犯往來的事。

「那現在呢？為甚麼會主動找我們？」

「因為現在終於有人會聽我說話了，不是以獵奇的眼光將我當成殺人犯看，不是先入為主的認為我在狡辯……還有，我想讓格蘭知道，我讀了他的報告了。很……感謝他，真的，他是謝利的弟弟，沒想到他竟然可以那麼冷靜，不理會其他人的眼光，把他認為對的事情說出來。」

「格蘭有沒有聯絡過你？」

史岱絲想知道，格蘭有沒有親自聽過阿雪對事件的看法。

阿雪搖搖頭。

「其他人呢？有沒有寫信給你之類？」史岱絲繼續問。畢竟謝利是鎮上的明星，除了雷拿家外，應該還有非常痛恨阿雪的人吧，說不定還會寄黑函給她。

「沒有，除了林律師以外，沒有人和我有任何接觸。」

畫面映出史岱絲與欣琪和鏡頭外的人面面相覷。製作團隊眾人彷彿猛然想起，根據他們調查案件的資料，的確在審訊期間，阿雪在法庭並沒有發生被襲擊的事，也沒有人對阿雪破口大罵，大家只是想平平安安，快快審結案件，將阿雪送進牢房，眼不見為淨。

連她的舊居也是，好像也沒有被人破壞或塗鴉等事。一來可能因為那是高級地段，鎮上的人不敢亂來，二來破壞房子只會提醒鎮上的人關於謝利被殺的事。

大家也想淡忘事件。事情完結了，不去想、不去提，繼續原來的生活，就是最好的方法。

也許鎮上的人對阿雪最殘酷的，是對她的無視。她進監獄後，就變成被遺忘的歷史。

「如果判罪能推翻，有沒有想過出獄後打算做甚麼？」

「現在想這個太早了。」阿雪將臉頰旁的髮絲繞到耳後，「……格蘭的報告只是提出誰是真兇，和他的分析。隔了這麼久，證據都沒有了，怎樣翻案？」

「法律上應該有足夠理據可以上訴吧？而且，」史岱絲看了林律師一眼，然後請阿雪給她格蘭的報告，「這裡……你也貼了便條貼，謝利褲子上的啤酒和楓糖的污漬，就是證明真兇和案發第一現場……」

阿雪只是不置可否的聳聳肩，不過隨即陷入沉思。

「那問簡單一點，如果真的出獄，你會留在加拿大？還是回香港？」

「呃……香港吧。爸媽都在香港，我應該會回到他們身邊。」

「香港有沒有你特別想去的地方？來加拿大前，你總有喜歡去的地方吧？」

阿雪雙眼睜大了一點點，像是想起甚麼。

「一定有想去的地方吧？」史岱絲再問。

「在旺角火車站附近……」阿雪笑了一聲，「以前，每天我都會到那裡補習。我記得，在我去的補習班樓下，有一家賣雞蛋仔店……」

「雞蛋仔？」

「嗯，那是很地道的香港小食，口感像是窩夫。但那家店不是賣一般的雞蛋仔，他們會放特別的餡料。我記得，如果模擬測驗成績好，我會吃抹茶朱古力餡，如果考得差，我就吃牛奶朱古力餡。我不是去那些『補習天王』的連鎖補習社，而是在商住大廈中的，我記得它的名字很特別，『無北補習』，不會敗北的意思。哈。如果回香港的話，我想再吃一次那裡的雞蛋仔。」

「不是吧？哪有這麼巧？」欣琪提高聲音叫了出來，「我以前也在『無北補習』上過課！」

「誒？」阿雪頓時雙眼發亮，「那你一定也有吃過那雞蛋仔吧？」

「我沒有印象……」

「怎麼可能！那店就在樓下的！補習結束後都有很多人排隊買的！」

「對不起，我真的沒有印象……我記得樓下是賣粥的。那是二〇〇五年的事……」

阿雪是二〇〇二年夏天移居加拿大的，欣琪二〇〇五年在香港補習時，那雞蛋仔店已易手變成粥店。

攝影師的鏡頭，完全拍下了阿雪失望的表情。

「不過……現在加拿大也有這種有餡料的雞蛋仔店了，滿地可也有那樣的店。」欣琪邊說邊滑手機，「你看。」

「就是這種！在滿地可啊……」

在阿雪的回憶裡，最懷念的是香港的雞蛋仔。可是香港的店關了，滿地可卻開了一家店，大概是趁著這幾年亞洲餐飲店在北美經營的風潮，拉麵、芝士蛋糕、居酒屋、芝士撻、抹茶甜點、珍珠奶茶、芒果班戟……在大城市的市中心一家家的出現。

阿雪最想去的地方，香港已沒有了，即使滿地可開了同一家店，那也不是載有阿雪回憶的地方。但是，阿雪懷念的，是吃雞蛋仔的滋味，還是故鄉的味道？

還是說，哪裡也沒有阿雪要去的地方？

「那……如果謝利聽得見的話，有甚麼要對他說？」

阿雪想了一下。

「我想跟他說：『對不起』。」

鏡頭外傳來了聲音，坐在房間角落的林律師聽到阿雪的話，不禁抽了一口氣。

「『對不起』？你想跟謝利道歉？為甚麼？」

十六年後，阿雪終於要說出謝利被殺的真相嗎？堅持了十六年的無罪答辯，來到這一刻，要被推翻了嗎？

「我是說，」阿雪又撥了一下頭髮，「我那天不應該在那裡，那我就不會被當成兇手。每花一分鐘去找證據要證明我是兇手，就是浪費了一分鐘找出真兇。因為我，害得殺害謝利的真兇十六年來逍遙法外，害謝利死不瞑目。」

原來是這個意思，史岱絲覺得她是故意這樣說的，先聲明一下，阿雪所講的每一句話，都是她自己說的，製作團隊並沒有對她作出任何引導。

「所以你是說你沒有殺謝利？」

「從第一天開始，我就這樣說。」她敲了敲桌面的報告，「只是沒有人信。」

「那你有甚麼話想對真兇說？你恨他嗎？害你坐了十六年冤獄。」

阿雪想了想，然後她看著欣琪，用廣東話說：

「十六年嚟，我諗過好多次，我得到呢個結果係我嘅錯？我只係想靜靜地咁讀完高中，咁都係我嘅錯咩？我嘅英文講得唔好，係我嘅錯？冇好似其他女仔咁掛住媾仔，又係我嘅錯咩？嗰晚只得我一個人喺屋企，咁又係我嘅錯咩？」

阿雪的聲音有點顫抖，她微微皺眉，目光不停地流轉，一下看著欣琪，一下盯著鏡頭，一下看著史岱絲。

這是她最有情緒的表現了。整個訪問中，她一直像是在壓抑所有情感，大概她怕任何情感的表現，會影響她翻案的進展，畢竟十六年前，她親身體會到，自己是如何因為別人對她的觀感而被定罪。

停頓了半晌後，她像是自言自語地邊點頭邊換回英語說：「……也許，也許真的是我錯，如果不是因為真兇沒有出來自首，我就不會被定罪。如果我當時在學校有很多朋友的話，也許大家也不會一面倒的認為我是兇手。如果我的英文好一點的話，那我當時就可以出庭回答問題，也許陪審團會相信我，那我就能夠脫罪。再推前一點的話，如果不是我在討論板大講匕首的事，也許真兇就不會和謝利因為匕首發生爭執，導致謝利意外被殺……那……再追根究底的話，又回到凱基小姐你寫的報導了……所以……因果、上帝的安排，隨便你怎樣想。也許我就是要在這裡，當成還我的債，你花時間製作《不白之冤》，也許就是在還你的債，而格蘭……也許真的是冥冥中有安排。十六年，真兇也不會好過，但是，也應該要他還了……」

說到這裡，阿雪好像突然想到甚麼，她突然將視線從史岱絲臉上移開，看了看林律師，再回頭看著史岱絲，「凱基小姐，你剛才說，謝利褲子上的啤酒和楓糖的污漬，就是證明真兇和案發第一現場的證據。」

史岱絲點點頭，對阿雪突然的問題有點不明所以。

「但是，其中一樣指證真兇在現場的證據，就是當時留在後巷的瓶子……」還沒有說完，阿雪的嘴角微微向上揚，像是那種小孩子耍了小聰明而得意的笑容。

這時林律師突然站起來，「我想這個訪問也差不多了。」

「呀。」史岱絲對林律師的舉動有點驚訝，「我想阿雪還有話要說……」

但是在林律師的堅持下，製作團隊不得不結束訪問。這個有點突兀的發展，完全在他們預料之外。

DOC

製作團隊回到車上，史岱絲叫攝影師拍下製作團隊在車上回顧剛才訪問的談話。

「大家覺得怎樣？」

「阿雪本人和我想像的不一樣……我以為她會更單純一點。」

「對，她……怎樣說呢？她不是甚麼也不懂的小女生。」

「史岱絲，剛才發生甚麼事？」攝影師問：「阿雪說了甚麼？林律師會那麼緊張？」

「他怕阿雪說錯話。」史岱絲說：「你重播關機前拍到的阿雪。」

攝影師打開手提電腦重播那段，可以聽到鏡頭外史岱絲和林律師在交涉，畫面正中央的阿雪，緊緊的抿著嘴，邊坐著邊搖著身體，看著鏡頭外發生的事，就像看熱鬧的小孩。

「她這個表情，」欣琪湊近螢幕，「好像在克制自己不要笑出來。」

「她想到，現在格蘭在報告中提出的疑點，有機會令她脫罪，但是，那些疑點並不能令真兇入罪。」史岱絲說。

「等等，」攝影師說：「你在說甚麼呀，既然能脫罪又為甚麼不能入罪？」

「當年阿雪被裁定有罪，是因為陪審團認為沒有『合理懷疑』。但現在謝利褲子上的證據，指出了一個可能的案發第一現場，加上其他證據，提出了另一名有機會是真兇的人物，所以這個『合理懷疑』可能讓阿雪脫罪，法律上，只要那是一個『合理懷疑』，並不需要完全證明另一個人是兇手。」史岱絲解釋：「但抓到真兇後，要定那個人罪，關鍵是要指出真兇當時在現場，而環境證據就是在早上垃圾收集之後才出現在後巷的瓶子……」

「啊！」攝影師恍然大悟，「而那些瓶子，就是那裡有人的證明！而這一點，阿雪是唯一目擊者！」

「對，」史岱絲指著手提電腦的螢幕，畫面定格在阿雪的臉，剛好停在她彷彿在笑的一刻，「她也發現到了，雖然格蘭幫助她脫罪，但如果要定真兇的罪，她變成了關鍵證人。」

「角色地位逆轉了……」攝影師點著頭。

車內一片寂默。

「難道……她要報復嗎？」欣琪開口，「不去作證，令真兇不能入罪，謝利的家人不能得到真正的了結。」

「你覺得如果她真的有怨恨的話，是對真兇，還是從來不願意相信她、在法庭上『想殺了她一樣』的謝利的父母？」攝影師笑著說：「畢竟也三十二歲了。而且，在監獄過了十六年，純純兔不死就會成為豺狼吧。」

「夠了。」史岱絲突然喊了一句。她雙手掩一掩臉，再撥一下頭髮，「不不不不不，我收回剛才的話。那些都是猜測，都是單憑阿雪一個表情的猜測！我們現在做的，和福維爾鎮的人有甚麼分別？嗯？」

又是一陣靜默。

畫面移到手提電腦的螢幕，重複著阿雪晃著身體、抿著嘴的畫面。

一個畫面，在不同文化、不同背景、不同情況，甚至不同的心情下，會產生不同的解讀，每個人也許都會覺得自己的看法是對的，總以為自己可以理性地舉出支持自己的理據，但那真的是客觀、完全沒有被自己的刻版印象影響嗎？

「她說最想做的是吃雞蛋仔。」欣琪說：「她……她某程度上，還是個孩子不是嗎？」

「走吧，現在開車，還趕得及……」史岱絲看了看手機顯示的時間，「我突然想吃滿地可那家店的雞蛋仔。」

攝影師的鏡頭從車廂內的眾人，移到擋風玻璃外的祖莉葉女子監獄，畫面外傳來發動汽車引擎的聲音。

監獄消失在畫面中，製作團隊的車子很快飛馳在公路上。

沒有人說話，車內只有收音機播放著的魁北克法語電台廣播……

《不白之冤》延續篇

完

〈真相，十六年後揭開〉

推理作家M

二〇二〇年五月一日

當W文學編輯K氏找我為《不白之冤》的中文版執筆時，我立馬便答應了，因為那是我很喜歡的影集，當時我已經看過了所有集數和格蘭在YouTube上的影片，更和一些朋友開了一個即時通訊群組，每星期討論著案情。

作為推理作家，免不了會猜測真兇的身分，不過那只是休閒活動，推理作家協助警方調查尋找兇手，只會是小說和電影中出現的情節。現實是，我聯絡了在多倫多警隊裡的朋友（我有多名朋友在多倫多警隊，所以大家不用猜是誰），不過只是向他八卦他有沒有收到風聲，他私下告訴我，多倫多警隊已接到福維爾警方的請求，正在提供協助。

多倫多警方的介入，證明了格蘭的推理是對的。

不過因為警方已經採取行動，而且編輯K氏害怕會負上責任而大力阻止，所以恕我不能指明真兇的身分，不過如果您仔細讀這本書，找出某人證詞中跟其他人矛盾的地方，希望您也能推敲出來。特別是格蘭在最後的 YouTube 影片中，已經清楚總括了案中的疑點，以及真兇和這些疑點的關係。

再說格蘭這年輕人，他的確令我刮目相看。因為即使是一般人，觀看《不白之冤》影集時，都很容易會著眼其他「嫌疑犯」的動機，都會從每個人可能殺謝利的原因去想，再在當中認定他們覺得最有可能的「真兇」。這和十六年前的剛好是另一個極端——當時警方覺得在那「問題的五分鐘」在後巷出現的阿雪是「物理上」唯一的兇手，然後再找一個動機，來說服陪審團她有殺謝利的理由。

但是格蘭，即使他是受害人家屬，即使他身處福維爾，即使所有人都覺得阿雪是兇手，即使旁人覺得他的疑惑是對福維爾的背叛……他都可以冷靜地，根據《不白之冤》的內容加上自己調查的結果，看穿真兇的謊言，分析出一套合符邏輯的理論。這名少年，前途無可限量。

現實中，動機不一定是甚麼恩怨情仇，可能只是一點小事，甚至可能只是一宗悲劇的意外，所有人，都是在錯的時間出現在錯的地方。

不過，希望這本書對您來說，是在對的時間出現在對的地方。

註釋

01 SARS，即 Severe Acute Respiratory Syndrome 的英文縮寫，中譯「嚴重急性呼吸道症候群」，為「非典型肺炎」的一種，於二〇〇二年在中國廣東順德首發，繼而擴散至東南亞乃至全球，香港人慣以粵語音譯稱之為「沙士」。

02 N Sync，中譯「超級男孩」，由一九九五年組成至二〇〇二年解散，一隊美國流行男子樂團組合，五名團員包括：積斯甸．添布力（Justin Timberlake）、傑西（JC Chasez）、藍斯（Lansten Bass）、喬伊（Joey Fatone）、克里斯（Chris Kirkpatrick），有說樂團名字取自各團員的名字：JustiN、ChriS、JoeY、LansteN 和 JC。

03 北美高中是學分制，只要修畢基本學科先修的學分，就可以自由選擇科目。

04 「一級謀殺罪」（first-degree murder）指非法施行殺人行為且兼具「殺人之意圖」及「事先預謀計劃」之罪名，「一級謀殺罪」一般會被判處終身監禁或死刑，是謀殺罪中最重的類型。

05 加拿大的春假在三月，又名「三月假」（March Break）。

06 《高氏筆記》，即 *Coles Notes*，為加拿大一九四八年開始出版、給學生學習文學作品的簡略本，最有名的是以現代英語撰寫的莎士比亞名著簡略本。

07 加幣幾百塊，即折合港幣千多元。

08 加幣一千元左右，即折合港幣近六千元。

09 當地華人慣常稱「布蘭普頓市」(Brampton) 為「賓頓市」。

10 二〇〇一年九月十一日，兩架被恐怖分子劫持的民航客機分別撞向美國紐約世界貿易中心一號樓和二號樓，兩座建築相繼倒塌，世界貿易中心的其餘五座建築物也受震盪而崩塌損毀；及後另一架被劫持的客機也撞向位於美國華盛頓的美國國防部五角大樓，導致五角大樓局部結構坍塌。

11 O.J. 辛普森（O. J. Simpson）為前美式橄欖球明星、演員，涉及一宗被形容為「世紀審判」的「辛普森案」(O. J. Simpson murder case)。辛普森被指控於一九九四年犯下兩項「一級謀殺罪」，死者為其前妻妮克爾．布朗．辛普森（Nicole Brown Simpson）及一名餐廳男服務生羅納德．高曼（Ronald Lyle Goldman）。而經歷了加州審判史紀錄長達九個月的馬拉松式審判，最後由於警方幾個重大失誤，導致有力證據的失效，結果判以無罪獲釋，僅被民事判定為對兩人的死亡負有責任。

12 強尼．李．葛能（Johnnie Lee Cochran）為 O.J. 辛普森聘請的律師之一。在調查案件中，警方在凶案現場找到了一隻深色手套，之後在辛普森位於羅金漢大道的宅邸後發現了另一隻。而據檢方說法，發現手套含有辛普森、布朗及高曼的 DNA 證據。一九九五年六月十五日，葛能對助理檢察官克里斯多福．達登（Christopher Darden）要求讓辛普森戴上在凶案現場發現的手套，檢方最初以手套沾滿三人血跡拒絕辛普森試戴，後來達登又認為手套或許會正好合適，於是決定讓辛普森試戴手套。而結果皮質手套太緊，辛普森戴上並不容易，於是另一位辯護律師烏爾曼（Gerald Uelmen）說了這一句話：「如果套不住，你就該放了他。(If it doesn't fit, you must acquit.)」這句話後來被葛能在結案陳詞中反覆使用。

13 SUV，英文 Sport Utility Vehicle 的縮寫，即「運動型多用途車」。

14 安省美術設計學院 Ontario College of Arts and Design，簡稱 OCAD，唸起來是 O-CAD，音近 Oh cat。

15 《美國殺人魔》（*American Psycho*）於二〇〇〇年上映，美國黑色幽默驚悚電影，改編自布列特．伊斯頓．艾利斯（Bret Easton Ellis）的同名小說，以一九八〇年代的紐約為背景，講述一名年輕有為的華爾街「優皮士」在私底下是連環殺手的故事。

16 加幣一千五百：即折合港幣約八千八百元。

17 加幣近五千元：即折合港幣約二萬九千元。

18 加拿大當地華人慣常將 Montreal 中譯為「滿地可」，而香港人則較常譯之為「蒙特利爾」。

19 卡娜．荷姆加（Karla Homolka）被稱為「史上最凶殘人十大殺手之一」，據報導指，她於一九九〇年下藥迷暈親妹妹，在聖誕節將她獻給丈夫作新婚禮物，而其妹被下藥後嘔吐，及後窒息致死；之後又揭發了她與丈夫一同綁架並姦殺了另外兩名未成年少女。

20 中、英兩國於一九八四年為香港的前途簽訂《中英聯合聲明》，協議香港主權在一九九七年七月一日從英國移交歸還中國，有香港人遂擔心前景未明而引發移民潮。

21 ESL 即 English as a Second Language，給母語不是英語的學生的特殊英語銜接課程。

22 CSI 即 *Crime Scene Investigation*，中譯《CSI 犯罪現場》，美國刑事系列電視劇，描述一組刑事鑑識科學家的故事，從二〇〇〇年十月六日開始播映至二〇一五年九月二十七日劇終。

23 公民日（Civic Day）是安省法定假日，在每年八月第一個星期一。

不白之冤

White Lies

作者	文善
編輯	阿丁
設計	曦成製本（陳曦成、焦泳琪）
出版	格子盒作室 gezi workstation 郵寄地址　香港中環皇后大道 70 號卡佛大廈 1104 室 網上書店　gezistore.ecwid.com MeWe　mewe.com/p/ 格子盒作室 geziworkstation 臉書　www.facebook.com/gezibooks 電郵　gezi.workstation@gmail.com
發行	一代匯集 聯絡地址　九龍旺角塘尾道 64 號龍駒企業大廈 10B&D 室 電話　2783-8102 傳真　2396-0050
承印	美雅印刷製本有限公司
出版日期	2021 年 7 月（初版）
ISBN	978-988-79670-6-4

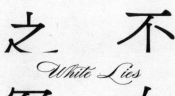